ERFINDER, SCHÖNGEIST, VISIONÄR

20 außergewöhnliche Männer aus Baden-Württemberg

Beate Karch

ERFINDER, SCHÖNGEIST, VISIONÄR

20 außergewöhnliche Männer aus Baden-Württemberg

Südverlag

INHALTSVERZEICHNIS

6 VORWORT

11 JOHANNES KEPLER (1571–1630)
Genialer Astronom

18 PETER THUMB (1681–1767)
Vielbeschäftigter Baumeister

25 JOHANN RUDOLF ZUMSTEEG (1760–1802)
Hochgeschätzter Trendsetter

33 JOHANN FRIEDRICH COTTA (1764–1832)
Verleger der Superlative

40 JOHANN GOTTFRIED TULLA (1770–1828)
Unbeirrbarer Rheinbändiger

47 ALBRECHT LUDWIG BERBLINGER (1770–1829)
Vom Pech verfolgter Flugpionier

54 KARL DRAIS (1785–1851)
Pfiffiger Zweiraderfinder

61 FRIEDRICH HECKER (1811–1881)
Heißsporniger Revolutionär

68 GOTTLIEB DAIMLER (1834–1900)
Ikone der Massenmobilität

75 FERDINAND GRAF VON ZEPPELIN (1838–1917)
Populärer Luftschiffpionier

82 CARL BENZ (1844–1929)
Erfinder mit Startschwierigkeiten

89 ROBERT BOSCH (1861–1942)
Sozialer Unternehmer mit Weitblick

96 GEORG KROPP (1865–1943)
Sendungsbewusster Sozialreformer

103 CARL LAEMMLE (1867–1939)
Tatkräftiger Filmpionier

110 KARL LUDWIG NESSLER (1872–1951)
Experimentierfreudiger Figaro

118 HERMANN HESSE (1877–1962)
Inspirierender Wortkünstler

125 THEODOR HEUSS (1884–1963)
Tiefgründiger Denker

132 OSKAR SCHLEMMER (1888–1943)
Eigenwilliger Avantgardist

140 OTTO DIX (1891–1969)
Schonungsloser Gesellschaftschronist

147 JOHN CRANKO (1927–1973)
Virtuoser Choreograf

157 Quellennachweis
171 Bildnachweis

VORWORT

„Was wäre das Leben,
hätten wir nicht den Mut,
etwas zu riskieren?"

Das fragte sich einst der Maler Vincent van Gogh. Und in der Tat könnte dieses Zitat auch das Leitmotiv für viele der faszinierenden Persönlichkeiten gewesen sein, die in diesem Buch vorgestellt werden.

Künstler, Denker, Tüftler, Schriftsteller oder Rebell – zwanzig beeindruckende Männer aus Baden und Württemberg sind hier vereint, die charismatisch, selbstbewusst und unbeirrbar ihr Leben, ihr ganzes Herzblut einer Sache verschrieben und deren bahnbrechende Errungenschaften in Wissenschaft, Technik, Politik, Kunst oder Kultur Weltgeschichte schreiben sollten. Ein Kaleidoskop von Lebensgeschichten aus fünf Jahrhunderten; Lebensgeschichten, angesiedelt zwischen Karlsruhe und Ulm, zwischen Mannheim und dem Bodenseeraum, Lebensgeschichten, von denen es freilich unzählige mehr gäbe.

Einige der großen Namen, die in die Auswahl Eingang gefunden haben, sind immer noch in aller Munde, andere verdienen es, der Vergessenheit entrissen zu werden. Die meisten Männer haben ihre Wurzeln in der Region, haben über sie hinaus gewirkt, jenseits der Grenzen Erfahrungen gesammelt und wichtige Einflüsse, Neuerungen und Ideen mitgebracht. Manche haben ihrer Heimat freiwillig oder erzwungen den Rücken gekehrt und sind im Ausland berühmt geworden, andere dagegen sind nie aus der Region herausgekommen.

So unterschiedlich ihre Wege und beeindruckenden Leistungen auch sein mögen, eines verbindet diese Persönlichkeiten alle: ihr Biss, ihr langer Atem und der unbeirrbare Glaube an ihre Idee. Denn die Geschichten dieser Männer sind nicht nur die von Ruhm und Erfolg, sondern sie erzählen auch von bescheidenen Anfängen, vom Scheitern und vom Wiederaufstieg.

Vielen von ihnen wäre ich gerne persönlich begegnet. Es hat viel Spaß gemacht, sich auf die Spuren all dieser Erfinder, Künstler, Literaten, Denker und Visionäre zu begeben. Es war eine Freude und Inspiration, die ich dem Leser ebenfalls wünsche.

Beate Karch

Johannes Kepler entdeckt die Gesetze der Planetenbewegung.

JOHANNES KEPLER

(1571–1630)

GENIALER ASTRONOM

„Meine Sterne waren nicht Merkur im Quadrat ... sondern Kopernikus und Tycho Brahe."[1]

Ein Wintertag im Jahre 1604. Wieder einmal brütet der 33-jährige kaiserliche Mathematiker Johannes Kepler in seiner Prager Wohnung am Loretoplatz über den Berechnungen einer korrekten Mars-Bahn. Sämtliche Beobachtungsdaten des verstorbenen dänischen Astronomen Tycho Brahe liegen ihm vor. Ein wahrer Schatz. Kepler will den Lauf des Planeten im Rahmen des kopernikanischen Systems verstehen und seine Hypothese beweisen, dass die Mars-Bahn nicht kreisförmig, sondern oval sein müsse.

Die Suche gestaltet sich zäh, und die wiederholten Fehlschläge beim Berechnen setzen Kepler zu. Mindestens vierzigmal, berichtet er, habe er seine Berechnungen hinterfragt und seine Theorie aufs Neue überdacht. Er ist müde, ausgelaugt, und wie so oft fürchtet der seit seiner Kindheit stets kränkelnde Johannes um seine Gesundheit und sein Leben. Aber nun, nach all den Versuchen und Irrtümern, sieht es ganz danach aus, dass die Mars-Bahn tatsächlich eine vollkommene Ellipse ist!

Was an jenem Wintertag in Johannes Kepler vorgehen muss, kommt einem Feuerwerk der Gefühle gleich. Denn mit dieser bahnbrechenden Erkenntnis hat er sich soeben aufgemacht, das geozentrische Weltbild seiner Zeit einmal mehr aus den Angeln zu heben. In diesem Augenblick ist er sich sicher, beweisen zu können, was ihn seit Kopernikus umtreibt: dass nicht die Erde, sondern die Sonne das Zentrum des Universums ist und die Erde nichts weiter als ein gewöhnlicher Planet, der wie alle anderen Himmelskörper um die Sonne kreist.

Am 12. Dezember schreibt Kepler in einem Brief über seine Forschungen an den Senat der Universität Tübingen: „Mag ich hiermit ans Ziel gelangen oder nicht, so habe ich doch sicherlich bereits so (…) bedeutende Entdeckungen gemacht, dass die Astronomie völlig neu erscheinen mag.“[2] Es wird fünf mühsame Jahre dauern, bis er den vollständigen Beweis erbringt und er diese Berechnungen zunächst in seinem wichtigsten Werk, der „Astronomia Nova“, sowie einige Jahre später in der „Weltharmonik“ verewigt, die als Kepler'sche Gesetze der Planetenbewegung für immer in die Geschichte der wissenschaftlichen Entdeckungen eingehen werden.

Neugier, Nachdenken über schwierige Probleme, die Suche nach Wahrheit – all das beschäftigt Johannes Kepler seit seiner frühen Kindheit. Genau genommen seit jener Nacht, in der er als Fünfjähriger in Leonberg einen großen Kometen beobachtet und sich fortan fragen wird, wie der göttliche Bauplan der Welt wohl aussieht.

Am 27. Dezember 1571, dem Tag des heiligen Johannes, kommt Johannes Kepler in der freien Reichsstadt Weil der Stadt im Herzogtum Württemberg zur Welt – als Siebenmonatskind mit zarter Konstitution, wie er sich selbst beschreibt. Mit fünf Jahren erkrankt er lebensgefährlich an Pocken, die seine Hände und Füße entstellen, sein Augenlicht schwächen und ihn später oft in wiederkehrende Fieberanfälle stürzen. Die Zeiten sind bewegt: Johannes' Leben wird sich abspielen im Deutschland der Hexenprozesse, der Reformation, der Gegenreformation und des Dreißigjährigen Krieges.

Unruhig und spannungsgeladen sind auch die Familienverhältnisse der Keplers. Einst gut situiert, ist die Familie zur Zeit der Geburt des kleinen Johannes verarmt. Sein Vater Heinrich, ein gelernter Kaufmann, ist selten zu Hause und verdingt sich lieber als Söldner im Ausland. Seine Mutter Katharina, Tochter des Gastwirts und Bürgermeisters von Eltingen, ist eine Kräuterfrau, sie mixt Salben und glaubt an magische Kräfte. Als sie sich eines Tages ebenfalls ins Ausland aufmacht, um ihren Mann zu suchen, lässt sie den vierjährigen Johannes mit seinen Geschwistern in der Obhut der jähzornigen, zänkischen Großeltern zurück, an die sich Johannes nicht gerne erinnert.

Im Spätsommer des Jahres 1575 kehren die Eltern zurück, und die Familie siedelt nach Leonberg um, wo Johannes' Vater ein Haus am Marktplatz kauft. Dank der Schulreform kann auch der heranwachsende Junge trotz ärmlicher Verhältnisse den Lese- und Schreibunterricht und später die Lateinschule besuchen. Allerdings muss er die Schule mehrmals unterbrechen, denn zwischenzeitlich zieht die Familie nach Ellmendingen bei Pforzheim, wo Keplers Vater das „Gasthaus zur Sonne“ übernimmt und Johannes oft helfen muss – äußerst widerwillig, wie er selbst betont.

Dennoch entpuppt sich der wissbegierige Junge als exzellenter Schüler. Mit zwölf Jahren besteht er das Landexamen in Stuttgart, geht ein Jahr später in die Klosterschule in Adelberg und wird im Alter von fünfzehn Jahren ins höhere Seminar in Maulbronn aufgenommen, ebenfalls eine Klosterschule.

Hier, wie auch zuvor in Adelberg, lebt Johannes in strenger Klausur. Neben Arithmetik, Astronomie, Musik und Religionsunterricht stehen Ciceros Reden, Vergils Verse, griechische Grammatik und Rhetorik auf dem Stundenplan. Schnell wird man auf den begabten Schüler aufmerksam, und so kommt der junge Mann mit hervorragenden Noten durch ein Stipendium nach Tübingen, wo er, der tief religiöse Lutheraner, Theologie studieren will.

Im September 1589 bezieht Johannes Kepler das Tübinger Stift, das zu Füßen des Schlossbergs zum Neckar hin liegt. Hier lehrt auch Michael Maestlin, Professor für Mathematik und Astronomie, der als väterlicher Freund Johannes für das kopernikanische Weltbild begeistert: Der Krakauer Nikolaus Kopernikus hält die Welt mit seiner These, dass auch die Erde sich wie alle anderen Planeten um die Sonne drehe, posthum noch in Atem – ein teuflischer Gedanke, von dem die Kirche, lutheranisch oder katholisch, nichts hält, ist doch in ihrem Weltbild die Erde das Zentrum des göttlichen Universums.

Doch was, fragt sich der Student Kepler, wenn es stimmt? Und wenn Kopernikus recht hat? „Ich ward von Copernicus entzückt“[3], schreibt Johannes enthusiastisch und fühlt sich fortan berufen, einen Beweis für Kopernikus’ Gedanken zu finden.

Sein Förderer Maestlin ist es auch, der dem 23-Jährigen zuredet, im reformierten Graz als Landschaftsmathematiker und Mathematiklehrer tätig zu sein. Man suche dort einen fähigen Mathematikus an der Stiftsschule, und Kepler sagt zu. Zu seinen Aufgaben gehört neben der Mathematik auch die Astrologie, und so muss er jedes Jahr einen Kalender mit Horoskopen erstellen. Dies macht ihn bekannt und ist eine willkommene zusätzliche Geldquelle, auf die er auch später in finanziellen Notlagen zurückgreifen wird. Doch wirklich interessiert ist er daran nicht.

Johannes' ganze Leidenschaft gilt den zu erforschenden Gesetzen eines göttlichen Bauplans des Universums. So erscheint 1596 sein „Mysterium Cosmographicum", das Weltgeheimnis, in dem er das kopernikanische System verteidigt. Für einen entscheidenden Beweis allerdings braucht er die genauen Beobachtungsdaten des in ganz Europa bekannten Dänen Tycho Brahe, der seit Jahren Nacht für Nacht den Himmel beobachtet und die besten Messinstrumente der Zeit besitzt. Doch das tychonische Weltbild ist ein anderes als das kopernikanische. Es belässt die Erde weiterhin im Zentrum, nur umkreist von Sonne und Mond, während die übrigen Planeten, wie bei Kopernikus, die Sonne umrunden.

Was Tycho Brahe wiederum fehlt, ist ein Mathematiker, der ihm den endgültigen Beweis für sein Weltbild erbringt, und Brahe sieht in Kepler den geeigneten Mann. Kepler, der sich bei Brahe in Prag beworben hat, kommt diese neue Anstellung wie gerufen. Denn inzwischen wird die Stadt Graz wieder von den Katholiken beherrscht, und die Protestanten sind gezwungen, ihrem Glauben abzuschwören oder zu fliehen. Auf nach Prag also, denn hier, so glaubt Kepler, bietet sich für ihn die Chance, auf die er schon so lange gewartet hat: der Zugang zu Brahes Beobachtungsdaten. So erreicht Kepler im Sommer 1600 Schloss Benatek und wird Tycho Brahes Assistent am Hofe Kaiser Rudolphs II.

Doch die Zusammenarbeit der beiden ist von Anfang an gestört. Brahe geizt mit seinen Beobachtungsdaten. Kepler soll rechnen, mehr nicht, und sein tychonisches Weltbild beweisen, von dem Kepler allerdings nichts hält. Reibereien und offener Streit sind an der Tagesordnung. Dennoch setzt Brahe Kepler auf die Berechnung der Mars-Bahn an, deren Bewegung er sich als Einzige noch nicht erklären kann.

Als Tycho Brahe ein Jahr später überraschend stirbt, profitiert Kepler von der neuen Lage. Jetzt, als Brahes Nachfolger, ist er der Herr über die ersehnten Daten. Von nun an also sitzt der kaiserliche Astronom Johannes Kepler in seiner Prager Wohnung und schreibt Geschichte. 1609 erscheint Keplers „Astronomia Nova", in der er mit einer über zweitausend Jahre alten Überzeugung bricht: Planeten laufen nicht kreisförmig, sondern auf elliptischen Bahnen um die Sonne, die in einem der Brennpunkte der Ellipse steht. Ebenso widerlegt er die Annahme, dass die Planeten sich mit konstanter Geschwindigkeit fortbewegen, und errechnet, dass sie in Sonnennähe schneller sind als in Sonnenferne.

Keplers revolutionäre Erkenntnisse werden zu seiner bitteren Enttäuschung allerdings weitgehend ignoriert, auch vom berühmten italienischen Astronom Galileo Galilei. Doch Kepler arbeitet unermüdlich weiter. 1618 beginnt der Dreißigjährige Krieg. Ein Jahr später veröffentlicht er seine „Weltharmonik", in der er seine Sicht des harmonischen Aufbaus des Universums zusammenfasst und die Kepler'schen Gesetze vervollständigt.

Kepler ist überzeugt, dem göttlichen Bauplan des Universums nun endlich auf die Spur gekommen zu sein, ahnt aber zugleich, dass er mit der „Weltharmonik" seiner Zeit weit voraus ist. Im Vorwort seines Buches schreibt er: „Es mag 100 Jahre seines Lesers harren, hat doch auch Gott 6000 Jahre auf den Beschauer gewartet."[4]

Dieser Leser wird Isaac Newton sein. Etwas mehr als ein halbes Jahrhundert später veröffentlicht Newton 1687 in den „Principia" sein Gravitationsgesetz, das auf Keplers Überlegungen aufbaut. Anders als Kepler, dem Anerkennung und Erfolg zeitlebens versagt bleiben, wird Newton bereits zu

Lebzeiten eine Ikone der Naturwissenschaft. Der geniale Astronom Kepler dagegen muss seinen Lebensunterhalt schon bald erneut mit Horoskopen verdienen.

Gerade ist er in Linz mit Logarithmenrechnungen für die Herausgabe seiner „Rudolfinischen Tafeln“ beschäftigt, als ihn im August 1620 die Nachricht von der Verhaftung seiner Mutter Katharina erreicht, die in Heumaden bei Stuttgart der Hexerei angeklagt ist. Kepler lässt alles stehen und liegen und reist auf Anraten eines befreundeten Rechtsprofessors nach Württemberg, um die Verteidigung seiner Mutter selbst zu übernehmen. Ein langwieriger, zermürbender Prozess beginnt, in dem Kepler mühsam ihre Freilassung erkämpft.

Gleichzeitig arbeitet er in Prozesspausen unentwegt weiter an seinen Logarithmenrechnungen und an unterbrochenen Drucklegungen anderer Bücher. Überall tobt der Krieg, was das Reisen für Kepler zusätzlich erschwert. Nach einem kurzen Aufenthalt in Ulm bietet der Oberbefehlshaber der kaiserlichen Truppen, Graf von Wallenstein, Kepler eine Anstellung im sicheren schlesischen Sagan an. Doch Wallenstein hat kein Interesse an der Wissenschaft und will von Kepler nur wissen, ob die Sterne für seine Kriegspläne günstig stehen.

Als ob dies nicht bereits unerträglich genug für den ehrgeizigen Astronom ist, gerät er zudem in finanzielle Not, weil Wallenstein ihm seinen Lohn schuldig bleibt. Trotz seiner körperlich schlechten Verfassung reist Kepler nach Regensburg, um alte Schulden einzutreiben, doch erkrankt er dort so schwer an Fieber, dass er sich nicht mehr erholt.

Johannes Kepler stirbt am 15. November 1630 und wird auf dem protestantischen Friedhof vor den Toren der Stadt begraben. Nur drei Jahre später wird sein Grab in den Kriegswirren verwüstet. Mit seinen revolutionären Erkenntnissen über den Lauf der Planeten und mit Hilfe der präzisen Beobachtungsdaten Tycho Brahes hat Kepler sich jedoch als Bahnbrecher einer modernen Weltsicht unvergessen gemacht.

Mit der Wallfahrtskirche Birnau schafft
Peter Thumb sein Meisterwerk.

PETER THUMB

(1681–1767)

VIELBESCHÄFTIGTER BAUMEISTER

*„Ich bin persuadiret, dass seines gleich ...
wenig oder gar keiner im Lande seye“.*[1]

Die Szene hat etwas Würdevolles. Vor dunklem Hintergrund sitzt ein Mann in edlem, halboffenem Rock, die hellgepuderte Perücke in Locken gelegt, den Blick zum unsichtbaren Maler gewandt, in der Hand einen aufgerollten Riss. Und nichts lenkt den Betrachter ab von der Person, die in Szene gesetzt werden soll.

Der Baumeister und Architekt Peter Thumb ist wahrscheinlich in seinen Fünfzigern, auf dem Höhepunkt seiner Karriere und in den höchsten Konstanzer Gesellschaftskreisen angekommen, als der uns unbekannte Maler ihn porträtiert und den Blick des Betrachters auf das konzentriert, was Thumb ausmacht: sein Wesen – so sanftmütig wie stolz und doch zurückhaltend – und sein Talent, dargestellt durch den Entwurf, den er in der Hand hält und der sein umfassendes Schaffen als Architekt und Baumeister des süddeutschen Kirchen-Barocks symbolisiert.

Bedacht und ehrlich soll er gewesen sein, sagen Zeitgenossen, „ein braver Mann"[2], der äußerst pflichtbewusst und überaus gewissenhaft seine Aufgaben anpacke und verfolge, so beschreibt ihn ein Abt des Klosters Ettenheimmünster im Jahre 1719.

In der Tat ist Peter Thumb einer der gefragtesten und meistbeschäftigten Baumeister seiner Zeit, in der man Telemann, Bach und Händel hört, die Aufklärung Einzug hält und sich die Formensprache des Barocks in der Architektur in ihrer Hochform zeigt. Durch den Neu- und Wiederaufbau von Kirchen und Klosteranlagen – der Dreißigjährige Krieg hat überall verheerende Schäden hinterlassen oder Schneisen der Verwüstung geschlagen – entsteht Ende des 17. Jahrhunderts ein blühendes Bauwesen, von dem auch der aufstrebende junge Architekt Peter Thumb profitiert.

Im Laufe seines Lebens werden es über zwanzig Bauwerke sein, an denen er in Südbaden und im Schwarzwald, im Elsass oder in Oberschwaben sowie am Bodensee und in der Schweiz mitwirkt, die er betreut oder als eigener Unternehmer im Auftrag plant und baut. Sein bedeutendstes Werk, die Wallfahrtskirche Birnau am Überlinger Ufer des Bodensees, wird ihm gegen Ende seines Lebens den Ruf als größter Barockbaumeister des Südwestens einbringen – bis heute. Doch eigentlich ist ihm sein Talent von Anfang an in die Wiege gelegt.

Peter Thumb wird am 18. Dezember 1681 in Bezau im Bregenzer Wald in eine Dynastie von Baumeistern hineingeboren. Sein Onkel Christian und sein Vater Michael haben sich als die „Gebrüder Thumb“ mit ihrem „Vorarlberger Bauschema“, das Peter später übernehmen wird, längst auch über ihre heimatlichen Grenzen hinaus einen Namen gemacht – u.a. mit der Wallfahrtskapelle im Weggental bei Rottenburg, dem Kloster Hofen am Bodensee oder der Prämonstratenser-Stiftskirche Obermarchtal im Donaukreis. Zur Zeit der Geburt des kleinen Peter plant der Vater gerade die Wallfahrtskirche auf dem Schönenberg bei Ellwangen im württembergischen Jagstkreis.

So erfolgreich die Gebrüder Thumb auch sein mögen – so hart schlägt Jahre später das Schicksal zu. Im Alter von elf Jahren stirbt Peters Vater Michael nur neun Tage nach Peters Mutter Christina. Zurück bleiben sechs minderjährige Kinder, die nun auf die große Verwandtschaft verteilt und von ihr erzogen werden.

Der 16-jährige Peter tritt 1697 in die Fußstapfen seines Vaters und beginnt zunächst eine Lehre als Maurer und Steinmetz in Au, bevor er seine Gesellenjahre in der Werkstatt seines Vetters Franz Beer absolviert, den er schon bald bei seinen Aufträgen als Entwurfszeichner und Bauaufseher begleitet. Mit dreiundzwanzig ist der ehrgeizige und aufstrebende Peter Thumb Bauleiter am Benediktinerkloster Rheinau bei Schaffhausen – Palier nennt sich das seinerzeit. Noch ahnt Peter nicht, dass sich mit seiner Anstellung bei Meister Beer, dem späteren Erbauer der Reichsabtei Salem, auch sein privates Glück anbahnen wird.

Als sich Peter, mittlerweile selbst zum Meister und Bausachverständigen aufgestiegen, und Beers Tochter, die knapp 20-jährige Anna Maria, kennenlernen, heiraten sie kurz darauf im heimatlichen Bezau. Das Paar lässt sich, so ist es überliefert, vorerst im dortigen elterlichen Anwesen nieder. Insgesamt werden sieben Töchter und drei Söhne aus der Ehe hervorgehen, die siebenundvierzig Jahre dauern wird, bis Anna Maria sterben und Peter Thumb sie zwölf weitere Jahre überleben wird.

In den Jahren 1710 bis 1720 verlagert sich Thumbs Arbeitsgebiet u. a. an den Oberrhein und ins Oberelsass. Er ist jetzt ein gefragter Baumeister mit gutem Ruf, stattlichem Gehalt und ständig unterwegs. Sein Können hat sich in weiten Teilen des Landes herumgesprochen. Neben einigen kleineren Aufträgen leitet er ab 1718 den Neubau der Benediktinerabtei Ettenheimmünster und ist ab 1724 mit der Planung und Errichtung des Benediktinerklosters St. Peter auf dem Schwarzwald beschäftigt.

Der baufreudige Abt Ulrich Bürgi hält große Stücke auf Thumb und holt den gefragten Architekten nicht nur für den Bau seiner eigenen Klosterkirche, sondern empfiehlt Thumb auch an seinen Amtsbruder in Tennenbach weiter: „Ich bin persuadiret“, schreibt er euphorisch, „dass seines gleich dermahlen wenig oder gar keiner im Lande seye.“[3]

So entsteht St. Peter mit einer Fassade aus rotem Sandstein, von zwei Zwiebeltürmen flankiert, deren Baugeschichte sich über Jahrzehnte hinziehen und bald in aller Munde sein wird – auch wegen der reichen, barocken Innenausstattung der Kirche mit Fresken und Skulpturen, für die sich der perfektionistische Baumeister Thumb mit dem Allgäuer Maler Franz Joseph Spiegler und dem Stuckateur und Bildhauer Joseph Anton Feuchtmayer die Besten der Besten holt. Der prunkvolle Bibliothekssaal des Klosters, den Peter Thumb erst Jahre später entwerfen wird, ist ein Vierteljahrhundert darauf Vorbild für die Stiftsbibliothek St. Gallen, die der Baumeister in seiner letzten Lebensphase planen wird.

Meist im Frühjahr und Herbst ist Thumb mehrmals auf seinem Pferd unterwegs, um die weit auseinander liegenden Bauplätze aufzusuchen und zu kontrollieren. Der gewissenhafte Architekt ist als umgänglich bekannt. Und man schätzt nicht nur seinen handwerklich hervorragenden Sachverstand, sondern auch seine engagierte und pragmatische Art zu arbeiten. Einmal einen Auftrag erhalten, grübelt und theoretisiert er nicht lange, sondern wird sogleich aktiv. Dabei passt er sich den Wünschen seiner Kunden weitestgehend an und versucht stets, das Beste aus den Gegebenheiten herauszuholen. Es sei denn, er hat große handwerkliche oder stilistische Bedenken. In solchen Fällen pflegt er als Baumeister auf seinem Standpunkt zu beharren und sich durchzusetzen.

Neben seinen zahlreichen Arbeiten führt Peter Thumb bald auch ein eigenes, florierendes Bauunternehmen, für das er immer neue Aufträge an Land zieht, Entwürfe liefert und mit seinem Namen persönlich für Sorgfalt und Perfektion garantiert.

Ein kurzer Einblick in Thumbs Arbeitsalltag: Viele seiner Angestellten kommen aus seiner vorarlbergischen Heimat. Oft sind es dabei nicht nur die gleichen Arbeiter, Bauleiter oder Zimmerleute, mit denen er an Kirchen und Klosteranlagen zusammenarbeitet, sondern auch die gleichen Bildhauer, Stuckateure, Maler oder Altarbauer, denen er die künstlerischen Arbeiten anvertraut. So kommt es nicht selten vor, dass der Baumeister und Architekt für große Arbeitseinsätze gemeinsam mit nahezu zweihundert Handwerkern anrückt, die er zum Teil auf dem Weg zur Baustelle abholt.

So auch im Juni 1725. Der Tennenbacher Abt Leopold Münzer beauftragt Thumb sowohl mit dem Wiederaufbau von Teilen des Zisterzienserklosters Friedenweiler, dessen Kirche und Konventgebäude bei einem Großbrand zerstört wurden, als auch mit dem Neubau der Klosteranlage Tennenbach im Breisgau. Peter Thumb, der 18.300 Gulden erhält, verpflichtet sich im Vertrag mit dem Kloster zu einer Kaution in der Höhe seines Vermögens. Im Gegenzug dazu liefert das Stift alle Materialien sowie die Übernahme von Kost und Logis für sämtliche Arbeiter in Thumbs Bautrupp, einschließlich seines Pferdes.

Thumbs Plan sieht vor, mit Friedenweiler anzufangen, um dann im Frühjahr 1726 in Tennenbach mit dem Südflügel zu beginnen, im Jahr darauf mit dem Westflügel, dazwischen Stuckarbeiten vorzunehmen. Dann sollen der Ostflügel, die Bibliothek und Archivräume sowie die Kustorei in den beiden geplanten Obergeschossen folgen. Kurzum, nach vielem Konstruieren, Berechnen und Planen sieht es für Thumb ganz danach aus, als ob sich alle Bauarbeiten über Jahrzehnte hinziehen werden, in der Tat bis 1743. Dazwischen liegen Bauten wie die Zisterzienserklöster Günterstal bei Freiburg oder Lichtenthal bei Baden-Baden.

Das stetige Reisen zurück in den heimatlichen Bregenzer Wald wird dem vielbeschäftigten und zuweilen überlasteten Multi-Tasker allerdings bald zu beschwerlich. So überlegt der Baumeister, seinen Wohnsitz ins zentral gelegene Konstanz zu verlagern, wo auch sein inzwischen adeliger Schwiegervater Franz Beer wohnt.

Ende 1725 erhält Peter Thumb das Bürgerrecht für sich und seine Familie und zieht nach Konstanz. Nach einem kurzen Intermezzo im Hause seines Schwiegervaters kauft Thumb ein stattliches Anwesen mit einer im Renaissance-Dekor geschmückten Fassade am Eingang der Zollernstraße, das er für sich und seine große Familie umbaut. Sein Vermögen kann sich durchaus sehen lassen, und es vermehrt sich noch nach dem Tode des Schwiegervaters durch die Erbschaft seiner Frau. Damit kann der Baumeister und Architekt einen Weinberg samt Torkel am Oberen Raiteberg bei Petershausen sowie ein großes Stück Wiesengrund vor den Toren der Stadt erwerben.

Familie Thumb genießt hohes Ansehen in Konstanz, und so ernennt das Domkapitel den mittlerweile 51-Jährigen 1732 zum Zwecke anfallender Reparaturen zum Münsterbaumeister. Fünf Jahre später ist Peter Thumb auch Mitglied des großen Rats und des Stadtgerichts. Tochter Maria Johanna heiratet in die angesehene Konstanzer Handelsfamilie Leiner ein, was den guten Ruf der Thumbs untermauert und den umtriebigen Baumeister auf die Idee bringt, selbst einen Handel mit Tüchern, Wolle, Wachs und Alaun zu betreiben. Ein Geschäft, das er bald einem seiner Schwiegersöhne überträgt und so – ganz Patriarch – vorausschauend und wohlwollend für seine immer größer werdende Familienschar sorgt.

Inzwischen trifft man den mittlerweile 57-Jährigen Peter Thumb auch in Rastatt oder Mengen, wo er plant und baut, bevor er sich 1746 dem Auftrag des Abtes von Salem widmet, eine Wallfahrtskirche am Ufer des Bodensees zu errichten. Die Birnau wird Thumbs Meisterstück werden. Zwischen Überlingen und Meersburg, dicht an das erhöhte Ufer gebaut, erhebt sie sich elegant und in die sanfte Landschaft geradezu hineinkomponiert. Peter Thumb ist fast siebzig, als sein bedeutendstes Barockwerk im Jahr 1750 mit enormem Aufsehen und unter den Augen Tausender Schaulustiger eingeweiht wird.

So herrlich und pompös das Spektakel auch sein mag – hinter Thumb liegen harte Zeiten. Abt Anselm II. erweist sich als skrupelloser Bauherr, verwirft Verträge, geizt mit Materialien und droht Thumb und seinem Team immer wieder mit der Streichung von Essensrationen. Die Leidenszeit hört auch danach nicht auf.

Kurz hintereinander sterben Thumbs Tochter und Schwiegertochter, 1754 auch Anna Maria, seine Frau. Zwar beginnt Peter Thumb noch den Bau der Benediktinerstiftskirche in St. Gallen, doch seine mittlerweile angeschlagene Gesundheit zwingt ihn, seine Arbeit in andere Hände zu geben. Peter Thumb zieht sich zurück und regelt sein Testament noch bis ins Detail, bevor er am 4. März 1767 in seinem Haus in Konstanz stirbt.

Der Komponist und Operndirektor Zumsteeg gilt als „Mozart Württembergs".

JOHANN RUDOLF ZUMSTEEG

(1760–1802)

HOCHGESCHÄTZTER TRENDSETTER

„Ein Meister setzte die Arien in Musik ..."[1]

Wenn Herzog Karl Eugen das wüsste – er würde toben! Sitzt doch sein 22-jähriger Zögling und frischgebackener Hofmusikus Johann Rudolf Zumsteeg in diesen Tagen heimlich an der Vertonung des Dramas „Die Räuber", eines Rebellenstücks seines besten Freundes Friedrich Schiller. Und dieser

– sich die unerträglichen Lebensverhältnisse unter dem despotischen Herrscher von Württemberg von der Seele schreibend – begehrt wild und leidenschaftlich gegen das Feudalsystem auf.

Ein gefährliches Unterfangen im Jahre 1782, auch für den aufstrebenden, leidenschaftlichen Musiker Zumsteeg, der sich gerade Gedanken zur Ouvertüre macht, eine willkommene Abwechslung, die ihm große Freude bereitet. Doch dabei entdeckt zu werden, wäre das Ende seiner Karriere. So viel ist dem jungen Musiker bewusst, hat doch der tyrannische Karl Eugen bereits Jahre zuvor für alle ein abschreckendes Exempel statuiert: Weil er es wagte, Spottverse auf den Herzog und seine Mätresse zu schreiben, schmort der aufrührerische und in Ungnade gefallene Dichter Christian Friedrich Daniel Schubart für zehn Jahre auf Geheiß Karl Eugens ohne Anhörung und Verfahren im nasskalten Kerker der Festung Hohenasperg.

Auch der mit seinem Drama öffentlich aufbegehrende Schiller wird dort für kurze Zeit landen, bevor er im September 1782 in einer Nacht- und Nebelaktion und mit dem Wissen seines Freundes Zumsteeg aus Stuttgart flieht, um im benachbarten ausländischen Mannheim Zuflucht zu suchen. Zumsteeg dagegen wird bis zu seinem frühen Tod mit zweiundvierzig Jahren im kärglichen Frondienst seines Herrschers verbleiben und niemals über die Grenzen Württembergs hinauskommen.

Seine Zeitgenossen und Bewunderer sind sich einig, dass Johann Rudolf das Zeug zu einer großen Karriere hat: „Unter den Tonkünstlern ist Zumsteeg der geschickteste, der (…) mehr Genie als Ausbildung besitzt“[2], wird Schiller in einem offenen Brief über ihn schreiben. Der Dichter Friedrich Haug nennt ihn voller Verehrung gar „den Mozart Württembergs“[3]. Und auch Goethe, der im September 1797 von einer Schweizer Reise zurückkehrend einen Abend im Hause Zumsteeg verbringt, lobt in seinem Tagebuch die „verschiedene gute Musik", die er bei „Herrn Capellmeister Zumsteeg" gehört habe.[4]

Johann Rudolf Zumsteeg ist ein Multitalent seiner Zeit. Der Komponist, Cellist, Operndirektor und Hofdirigent vertont Texte von Haug und Klopstock, von Schubart, Schiller und Goethe. Er schreibt Opern, arrangiert mehr als dreihundert Lieder und Singspiele, Balladen und Trauermusikstücke. Auch führt er als Erster Mozarts Kompositionen am Stuttgarter Hoftheater ein. Und doch gerät der so vielseitig talentierte Musiker nach seinem frühen Tod schnell in Vergessenheit. Er, der trotz seiner gehobenen Stellung am württembergischen Hof nur ein kärgliches Salär verdient und seine Familie in völliger Armut zurücklassen wird.

Seine Lebensgeschichte beginnt im Württemberg des Jahres 1760, in dem der kleine Johann Rudolf auf ungewöhnliche Weise das Licht der Welt erblickt. In einem Feldlager in Sachsenflur bei Mergentheim wird er am 10. Januar 1760 mitten im Siebenjährigen Krieg geboren. Nur ein Wachtmeister, ein Korporal und eine Bauersfrau sind bei seiner Taufe zugegen. Sein Vater, als Deserteur der Potsdamer Garde des Alten Fritz von württembergischen Grenadieren aufgegriffen, zwangsrekrutiert und zwangsverheiratet, zieht nun mit dem kleinen Johann Friedrich und dessen Mutter Maria Elisabetha samt Armee von Kriegsschauplatz zu Kriegsschauplatz.

Nach dem Friedensschluss von 1763 bleibt Vater Zumsteeg zunächst im Militärdienst, steigt im Laufe der Jahre jedoch zum persönlichen Kammerlakaien von Herzog Karl Eugen auf. Johann Friedrich, dessen Mutter früh verstirbt, kommt im Alter von zehn Jahren im Dezember 1770 als Eleve No. 95 in das frisch vom Herzog auf der Solitude gegründete Militär-Waisenhaus. Dieses wird ein Jahr darauf zur militärischen Pflanzschule umbenannt und später Hohe Karlsschule heißen. Als Militärakademie ist die Karlsschuhe *die* Eliteschule für Söhne teils aus angesehenen, teils aus mittellosen württembergischen Familien, die unter der strengen Aufsicht Karl Eugens zur Führungselite herangebildet werden, um dann ein Leben lang Württemberg zu dienen. Als der junge Friedrich Schiller aus Marbach an die Karlsschule kommt, wird der fast gleichaltrige Johann Friedrich Zumsteeg sein bester Freund – eine Zuneigung, die ein Leben lang halten wird. Auch der spätere württembergische Bildhauer Johann Heinrich Dannecker gehört zum engen Freundeskreis der beiden.

Der Schulalltag des heranwachsenden Eleven Zumsteeg verläuft ganz nach militärischem Drill: aufstehen morgens um fünf, essen, beten, dann Musterung und Rapport, danach Unterricht von sieben bis elf, im Anschluss Montur säubern und noch einmal Musterung durch den Herzog höchstpersönlich. Auf den Spaziergang unter Aufsicht folgt erneut Unterricht, nach einer Pause und der abendlichen Musterung dann das Abendessen um 19.30 Uhr, Bettruhe ist ab 21 Uhr. Ferien gibt es nie, und Besuche von Angehörigen sind vom Herzog, der seine Schüler „meine Söhne"[5] zu nennen pflegt, nicht erwünscht, höchstens sonntags.

Zunächst für eine Steinmetz- und Bildhauerlehre vorgesehen, stellt sich schnell heraus, dass der junge Johann Rudolf ein außergewöhnliches musikalisches Talent besitzt. Unter den Musikzöglingen ist er der begabteste, spielt Flöte und Oboe, am virtuosesten jedoch Cello, bald auch im Orchester, „mit tiefem Gefühl und seltener Präzision"[6], wie sein Freund Ludwig Schubart es beschreibt.

Zumsteeg singt und komponiert auch und gewinnt Jahr für Jahr die höchstdotierten Preise. 1781 wechselt der 21-Jährige schließlich von der Schule als Hofmusikus in die renommierte Hofkapelle, für ein allerdings kümmerliches Gehalt von 200 Gulden im Jahr. Ein gnadenloser Frondienst im goldenen Käfig beginnt, in dem Johann Rudolf ohne die Erlaubnis des Herzogs nicht einmal die Stadt verlassen darf. Ein hoher Preis, den der junge Zumsteeg als herzoglicher Zögling für die Förderung seiner Talente und seine zehnjährige Ausbildung am Hofe bezahlen muss.

Das letzte Jahr an der Akademie steht für Zumsteeg und seine Freunde derweilen noch ganz im Zeichen der „Räuber", ein aufregendes Vergnügen für die Studenten, die vom Geist der Aufklärung und des Sturm und Drang – Goethes „Werther" kennen sie stellenweise auswendig – euphorisiert sind. Schiller und Zumsteeg schreiben und komponieren heimlich, und alle fiebern der Vollendung des Stückes entgegen, das Schiller, kaum ist ein weiteres Kapitel fertig, seinen Freunden an verschwiegenen Orten des weitverzweigten Akademiegebäudes vorträgt.

Heimlich proben sie auch Zumsteegs frisch komponierte „Räuberlieder", über denen Johann Rudolf des Nachts brütet und von denen Schiller sich so begeistert zeigt, dass er ein Jahr später auf einem Theaterzettel zur zweiten Aufführung seines Schauspiels in Frankfurt schreiben wird: „Ein Meister setzte die Arien (...) in Musik, und ich bin überzeugt, dass man den Text bei der Musik vergessen wird."[7]

Die Musikwelt nimmt 1782 erste wohlwollende Notiz vom aufstrebenden Zumsteeg, dessen Gedichtkompositionen jetzt auch in Gotthold Stäudlins „Schwäbischem Musenalmanach" erscheinen, den der Cotta Verlag in Tübingen herausbringt.

Mittlerweile ist Zumsteeg auf Brautschau und macht der jungen Luise Andreä aus einer angesehenen schwäbischen Arztfamilie Avancen, deren Vater den ärmlichen Hofmusiker allerdings kaum als passende Partie für seine Tochter ansieht. Nach mehreren Bittgesuchen beim Herzog – einen detailliert ausgearbeiteten Fluchtplan in der Tasche, falls den Gesuchen nicht stattgegeben wird – erreicht Zumsteeg schließlich, dass sein klägliches Einkommen um das Doppelte aufgebessert wird. 1783 kann er endlich seine Luise heiraten – mit der Erlaubnis Karl Eugens und der Duldung der gesamten Verwandtschaft Andreä.

Zumsteegs guter Ruf spricht sich herum. Der Herzog betraut unter all seinen Komponisten Johann Rudolf mit dem Arrangement eines Festspiels für die großen Feierlichkeiten der vom Kaiser nun zur Universität erhobenen Hohen Karlsschule, die im Februar 1782 stattfinden sollen. Eine weitere größere Opernkomposition für geplante Festlichkeiten im September schließt sich an – diese Gelegenheit wird Zumsteegs Freund Schiller nutzen, um des Nachts für immer aus den Klauen des Herzogs und damit dem Frondienst zu entfliehen.

Zumsteeg dagegen bleibt und arbeitet unermüdlich weiter. 1784 schreibt der Hofmusiker weitere vier Opern, komponiert Ouvertüren fürs Theater, vertont Gedichte des Lyrikers Friedrich von Matthisson, den er persönlich kennenlernt, und arbeitet als Lehrer an der Karlsschule. Doch wieder geizt der Herzog mit dem Salär. Schleichend rutscht Johann Rudolf in eine Schuldenfalle, aus der er – auch bedingt durch seine spätere Krankheit – nie wieder herauskommen wird. (Ein Ohrenleiden sowie schmerzende Geschwüre an Armen und Hals werden ihn monatelang ans Bett fesseln.)

1792 zeichnet sich endlich eine vielversprechende Karriere ab, als Zumsteeg die Stellung als herzoglicher Konzertmeister sowie ein Jahr darauf die des Operndirektors antritt und Zeichen setzt: Er sorgt dafür, dass Mozarts Kompositionen wie „Die Zauberflöte", „Don Juan" oder „Cosi fan tutte", deren Stil ihn stark beeindrucken, am Stuttgarter Hoftheater gespielt werden. Auch mit seiner eigenen Oper „Die Pfaueninsel" feiert Zumsteeg jetzt großen Erfolg – alles in allem ein Aufstieg, der ihm für einige Zeit immerhin 2.300 Gulden Einkommen im Jahr beschert. Das Blatt wendet sich wieder, als Herzog Karl Eugen stirbt und seine Nachfolger sich gezwungen sehen zu sparen, wo es nur geht.

Inzwischen ist es 1797, und Geheimrat Goethe ist auf Empfehlung Schillers, mit dem Zumsteeg seit seiner Flucht in Briefkontakt steht, im Hause des Kapellmeisters zu Besuch. Angetan von Zumsteegs Musik lässt Schiller ihm wenig später einige seiner poetischen Arbeiten schicken, die Johann Rudolf vertonen und ihm über seinen Verleger Cotta wieder zukommen lassen solle. Die Hoffnung auf eine regelmäßige Zusammenarbeit mit dem großen Goethe erfüllt sich für Zumsteeg allerdings nicht.

Bals darauf schickt Cotta ihm zwar den „Zauberlehrling" zu, doch wird Zumsteegs musikalische Bearbeitung aus unerfindlichen Gründen nicht wie geplant in Schillers Musenalmanach von 1798 erscheinen. Mit aufgenommen werden dafür Zumsteegs Vertonung von Goethes „Erinnerung" sowie andere kleinere Lieder.

Furore macht der hochgeschätzte Musiker derweil mit seiner frisch komponierten Oper „Die Geisterinsel", frei nach Shakespeares Schauspiel „Der Sturm", mit der der Stuttgarter Operndirektor seinen wohl größten Erfolg landet. Frankfurt, Wien, Leipzig und Königsberg – bis ins Jahr 1806, also über seinen Tod hinaus, wird Zumsteegs Oper an diesen Bühnen gespielt. Auch „Ritter Toggenburg", seine Vertonung der Schiller-Ballade, ist so erfolgreich, dass der Leipziger Musikverlag Breitkopf + Härtel 1800 nun eine Heftreihe von „Kleinen Balladen und Liedern" Zumsteegs herausbringt.

Beflügelt durch den Erfolg seiner „Geisterinsel" schreibt der Komponist Johann Rudolf Zumsteeg nun in einem Brief an Schiller, was ihn schon lange bewegt: „Mein sehnlichster Wunsch ist immer noch der: eine Oper von dir zu erhalten. Sollte dieser nie befriedigt werden können?"[8] Zu einem gemeinsamen Opernprojekt zwischen den Freunden wird es allerdings nie kommen.

Der Komponist ahnt noch nicht, dass die Trauerkantate, an der er gerade arbeitet, zu seinem eigenen Grabgesang werden soll. Nach einem geselligen Konzertabend mit Freunden und seiner Familie stirbt der „Mozart Württembergs" und Begründer der deutschen Balladenkomposition Johann Rudolf Zumsteeg am Morgen des 27. Januar 1802 überraschend an einem Schlaganfall. „Er gehörte zu den redlichsten Gemütern, die ich kannte", trauert Schiller, „und die Welt sowohl als seine Freunde haben unersetzlich viel an ihm verloren."[9]

Johann Friedrich Cotta ist der „Napoleon"
des deutschen Buchhandels.

JOHANN FRIEDRICH COTTA

(1764–1832)

VERLEGER DER SUPERLATIVE

„Das ist ein Mann, der hat die Hand über die ganze Welt."[1]

Tübingen, im Juli 1797. Johann Friedrich Cotta ist aufgewühlt. Eine wichtige Botschaft hat ihn soeben erreicht, die wichtigste und schönste seit Langem, die er nun sofort beantworten will.

Freudig erregt, den Brief seines Freundes Friedrich Schiller noch in den Händen haltend, steigt er die schmale

Stiege seines Verlagshauses neben der Tübinger Stiftskirche ins obere Zimmer empor und begibt sich an seinen Tisch vor dem eleganten Sofa. Während er die Feder in die Tinte taucht und einen frischen Bogen Papier bereit legt, hält er kurz inne, formuliert in Gedanken an den ehrwürdigen Adressaten die passenden Zeilen und schreibt: „Von Herrn Hofrat Schiller erfahre ich so eben, dass euer Hochwohlgeboren hierher kommen werden, ich beeile mich daher, sie hierdurch zu bitten, ihr Absteig Quartier bei mir zu nehmen."[2]

Der Adressat dieser Zeilen ist kein Geringerer als der große Johann Wolfgang von Goethe, der gerade im Begriff ist, seine nächste Schweiz-Reise vorzubereiten. Cotta hat sich in der Vergangenheit des Öfteren darum bemüht, die Werke Goethes verlegen zu dürfen, und ihn bereits zweimal zuvor im Hause von Schiller getroffen. Der gibt als Vermittler zwischen beiden eine geradezu glänzende Figur ab.

Der allen Verlegern mit äußerster Skepsis gegenüberstehende Goethe wird später über den noch jungen, ehrgeizigen Cotta schreiben: „Je näher ich Herrn Cotta kenne, desto besser gefällt er mir. Für einen Mann von strebender Denkart und unternehmender Handelsweise hat er so viel Mäßiges, Sanftes und Gefasstes, so viel Klarheit und Beharrlichkeit, dass er mir eine seltene Erscheinung ist."[3] In der Tat wird der Besuch Goethes im Hause Johann Friedrich Cottas den Grundstein legen für eine, wenn auch nicht unkomplizierte, so doch auf gegenseitigem Respekt und Hochachtung beruhende Geschäftsbeziehung, die bis zu deren beider Tod im Jahre 1832 anhalten wird.

Mit dem Gewinn der prominentesten Autoren seiner Zeit – darunter Hölderlin, Humboldt, Heine, Wieland, Fichte, allen voran jedoch Schiller und Goethe – wird Johann Friedrich Cotta das einst marode Buchhaus im Laufe von nur eineinhalb Jahrzehnten mit Augenmaß, Fingerspitzengefühl und Zähigkeit zum Flaggschiff machen, zum ersten belletristischen Verlag in Deutschland. Und sich selbst zu einer der reichsten und angesehensten Persönlichkeiten seiner Zeit.

Was zeichnet ihn aus, den blassen, hageren Mann mit den feinen Zügen, der hohen Stirn und den gütigen Augen, wie ihn ein Porträt des Malers Leybold um 1825 zeigt? Cotta ist von morgens vier, fünf Uhr bis nachts im Geschäft. Er verschafft sich neben der deutschen Literatur auch einen Überblick über die französischen, griechischen, italienischen, englischen, skandinavischen und slawischen Schriften. Und er will zudem zumindest die englische und französische Sprache so beherrschen, dass er erfolgreiche Kundenkorrespondenzen führen kann. Auch will er die Werke in ihren historischen Kontext einordnen können und immer wissen, wo und in welcher Auflage sie jeweils verlegt wurden, wie die Rezensionen ausgefallen und in welcher Höhe die Kosten für Korrektur, Papier, Format und Druck gewesen sind.

Cotta ist ständig in Eile, ein umtriebiger Geschäftsmann, der in der Kutsche unentwegt von Ort und zu Ort hetzt: von Tübingen nach Stuttgart, von Stuttgart nach Berlin, von dort nach Leipzig, München, Wien und Paris. Überall hat er zu tun, baut Kontakte auf, geht Kooperationen ein und wird sich auch auf anderen Gebieten einen Namen machen: als Hotelier, Industrie- und Agrarpionier, als Politiker, Diplomat und Wohltäter. Johann Friedrich Freiherr Cotta von Cottendorf – man wird ihn später adeln – ist ein Multi-Tasker, ein Business-Tycoon, wie wir ihn heute nennen würden.

Geboren wird Johann Friedrich am 27. April 1764 in Stuttgart – als fünftes Kind des angesehenen württembergischen Kanzlei- und Hofbuchdruckers Christoph Friedrich Cotta und seiner Frau Rosalie Marianne. Die Cottas wohnen seit einiger Zeit unweit des Neuen Schlosses am Großen Graben, an der späteren Königstraße 42.

Der heranwachsende Johann Friedrich besucht bald das Gymnasium und entdeckt schon früh seine Leidenschaft für die Mathematik, die ihm auch in seiner späteren Karriere als

Verleger helfen wird, einen Überblick über seine weitverzweigten Unternehmen zu behalten. Eigentlich will er Offizier werden, bekommt zwischenzeitlich Zweifel und schreibt sich als 18-Jähriger dann doch an der Universität Tübingen für die Fächer Mathematik und Jura ein. Er schließt sein Studium mit der Promotion ab. Doch was seine Zukunft angeht, ist der junge Mann noch ganz unentschlossen.

Der moderne Zeitgeist, die aufkommenden freiheitlichen Gedanken, die er im Paris des Jahres 1785 kennenlernt, haben es dem jungen Cotta angetan. Eine juristische Karriere anzustreben, liegt ihm momentan ferner denn je. Zwar lässt er sich als Advokat beim Tübinger Hofgericht eintragen, wird aber nicht tätig. Viel lieber geht er ins Theater und zeigt sich begeistert vom freiheitlichen Geist, der in Goethes „Leiden des jungen Werthers" und in Schillers „Die Räuber" oder „Kabale und Liebe" zu spüren ist.

Außerdem schwebt Cotta vor, als Prinzenerzieher der Fürstenfamilie Lubomirski nach Warschau zu gehen – eine Stelle, die er in Aussicht hat, aus der aber wegen politischer Wirren in Polen nichts wird. Sein Vater, der die beruflichen Eskapaden seines Sprösslings nun nicht mehr mittragen will – zu lange habe er ihn bereits finanziell unterstützt –, beordert den Junior kurzerhand zurück nach Stuttgart und weist ihm seine Zukunft: Johann Friedrich soll ihm die heruntergewirtschaftete Cotta'sche Buchhandlung in Tübingen abkaufen und sich so eine solide Existenz aufbauen. Besser als die Juristerei, denkt sich der junge Cotta und macht aus der Pflicht eine Tugend. Die Abfindung von 1.500 Gulden, die er als Entschädigung für die nicht angetretene Stelle in Warschau erhält, kommt da gerade recht.

Am 1. Dezember 1787 ist es so weit: Johann Friedrich Cotta bezieht die beiden schmalen Häuser neben der Tübinger Stiftskirche, in denen die Buchhandlung untergebracht ist. Cotta will weg von der zuletzt rein regionalen Ausrichtung des Verlags, will vor allem die großen Namen seiner Zeit als Zugpferde gewinnen. So lässt er den Kontakt zu Friedrich Schiller herstellen, mit dem er sich auf dessen Schwabenreise 1793/94 zum ersten Mal in Tübingen und ein zweites Mal in Stuttgart trifft.

Auf einer Kutschfahrt über den Kahlenstein, einer beliebten Ausflugsstrecke, schmieden Cotta und Schiller im Mai 1794 nicht nur die ersten gemeinsamen Verlegerpläne, sondern legen auch den Grundstein für eine innige Freundschaft, die bis zu Schillers frühem Lebensende bestehen wird.

Schiller willigt ein, die Redaktionsleitung für ein von Cotta geplantes, politisches Journal, die spätere Allgemeine Zeitung, zu übernehmen, ein Blatt, das gesellschaftliche Veränderungen aufgreifen und unparteiisch begleiten soll. Im Gegenzug erklärt sich Cotta bereit, die von Schiller geplante literarische Zeitschrift „Die Horen" zu verlegen, für die der berühmte Dichter die Crème de la Crème seiner Zeit gewinnen will: Goethe, Hölderlin, Humboldt, Fichte und viele andere – eine Aussicht, die den aufstrebenden Verleger beflügelt.

Von Beginn an hat Cotta nicht nur ein Gespür für Themen und Fingerspitzengefühl beim Verhandeln, sondern zeigt auch Wohlwollen gegenüber seinen Autoren. Schnell spricht sich herum, dass er, anders als üblich, großzügige Honorare zahlt. „Die Literatur kann sich nur erheben", so sein Credo, „wenn man sie wirklich achtet"[4].

Akribisch errechnet der gelernte Mathematiker für jedes Werk den zu erwartenden Absatz, nach dem er dann das Honorar ausrichtet, Nachzahlungen bei unerwartetem Erfolg selbstverständlich inbegriffen. Mit dieser respektvollen Haltung gegenüber der Autorenschaft gelingt es Cotta allmählich auch, den berühmtesten aller Schreiber für sich zu gewinnen.

7. September 1797. Gipfeltreffen im Hause Cotta. An diesem Morgen folgt Johann Wolfgang von Goethe der Einladung Cottas und reist von Stuttgart nach Tübingen, wo

er in den beiden Häusern des jungen Verlegers logiert. Cotta hofiert Goethe, bietet ihm während seines Aufenthalts eine anregende Gesellschaft, so wie es Schiller ihm angeraten hatte: Professoren der Philosophie, der Medizin, Physik und Pharmazie geben sich ein Stelldichein. Der Verleger fährt mit Goethe aus, zeigt ihm den Schönbuch, an dem dieser Gefallen findet.

Goethe wird seinem Dichterfreund Schiller über das „heitere" Zimmer in Cottas Hause berichten und sich äußerst wohlwollend über den Verleger und Menschen Cotta äußern. Denn Goethe spürt, dass Cottas Interesse an ihm weit mehr als nur ein Handelsinteresse ist.

Als 1802 erstmals Werke Goethes im Cotta Verlag erscheinen, geht für Johann Friedrich nicht nur ein langgehegter Traum in Erfüllung, sondern auch eine Geschäftsidee. Nun gibt es kaum mehr einen Bereich, in dem er nicht Bücher oder Zeitschriften herausbringt: von Theologie, Technologie und Jurisprudenz über unterhaltsame Damenalmanache und die beste Tageszeitung des deutschsprachigen Raumes (die spätere Allgemeine Zeitung) bis hin zu den Klassikern. Aus der einst maroden Tübinger Buchhandlung ist ein Universalverlag geworden.

Dabei operiert der Verleger in politisch schwierigen Zeiten. Cotta ist ein unternehmerischer Freigeist, Gedanken- und Pressefreiheit sind für ihn zentral. So bringt er nicht zuletzt das Kunststück fertig, mit der Allgemeinen Zeitung ein Blatt zu publizieren, das eine liberale Linie vertritt und Sympathien für die Französische Revolution hegt. Er schafft es auch, die Zensur zu umgehen, indem er den Erscheinungsort immer wieder ändert – eine Provokation für die konservativen Kräfte im Deutschen Reich.

Cottas unternehmerisches Talent beschränkt sich nicht allein auf das Verlagswesen. Schon lange hat er ein Auge auf das schöne, leer stehende Kapuzinerkloster in Baden-Baden geworfen, das er zum Luxushotel umbauen möchte. Dafür lässt er den ehemaligen Klostergarten überdachen, durch dessen Säulen und Rundgänge man bald trockenen Fußes zu den Zimmern gelangt, die mit eigenen Bädern aus Stein und mit Thermalwasserleitungen ausgestattet werden. Hier, im Badischen Hof, logiert die Elite der Epoche, die ideale Kundschaft für seine Bücher und Zeitschriften, die Cotta überall im Hotel auslegen lässt. Und so das Verlegergeschäft geschickt mit seiner Hotelierstätigkeit verbindet.

Auch auf politischem Parkett macht Johann Friedrich Cotta eine gute Figur. Im September 1814 reist der Verleger samt Frau und Tochter als Deputierter des deutschen Buchhandels zum Wiener Kongress. Hier soll er an einer Gesetzesvorlage gegen Raubdrucke mitwirken und für die Verankerung der Pressefreiheit in der Verfassung werben. Die Kontakte, die er als Diplomat und Politiker während seines Aufenthalts in Wien zum württembergischen Hof knüpft, tragen später dazu bei, die große Hungersnot in Württemberg zu bannen. Cotta rät Königin Katharina zur Gründung eines Wohltätigkeitsvereins und zur Reform der Landwirtschaft. Die Württembergische Sparkasse wird ins Leben gerufen, besseres Saatgut und bessere Zuchtrassen werden eingeführt.

Einer guten Sache seine ganze Person zu opfern, bleibt bis zuletzt die Lebensmaxime des vielseitig talentierten Cotta. Am 29. Dezember 1832 stirbt der Zeitungsunternehmer, Verleger, Luxushotelier, Diplomat und Parlamentarier, von dem Heinrich Heine sagen wird: „Das war ein Mann, der hatte die Hand über die ganze Welt!“[5]

Johann Gottfried Tulla legt 1809 den ersten Plan zur Rheinkorrektur vor.

JOHANN GOTTFRIED TULLA

(1770–1828)

UNBEIRRBARER RHEINBÄNDIGER

„Kein Strom oder Fluss hat mehrere Arme nöthig."[1]

In Knielingen bei Karlsruhe herrscht Ausnahmezustand. Es ist Frühjahr 1817, und die aufgebrachten Bauern der Gemeinde stehen Kopf. Auf keinen Fall wollen sie zulassen, dass Holzfäller sich ans Werk machen, um ihre schöne Auenlandschaft zu zerstören. Für solch ein wahnwitziges Unterfangen wie die Begradigung des Rheins. Überschwemmungen hin oder her – ihre Existenz und Besitzverhältnisse sind schließlich bedroht. Wer garantiert ihnen, dass der Fischfang danach nicht zurückgeht oder dass die Rheinarme nicht austrocknen? Die Goldgewinnung durch die Begradigung an die linksrheinische bayerische Pfalz verlieren und dafür auch noch Frondienst leisten müssen – nein, danke!

Dass der Aufmarsch der Holzfäller vom Ingenieuroberst Johann Gottfried Tulla ganz im Sinne und Auftrag der großherzoglich-badischen Regierung anberaumt ist, interessiert die Knielinger Bauern herzlich wenig. Mit Mistgabeln, Dreschflegeln, Sensen und Steinen bewaffnet stehen sie nun einem Heer von achthundert Arbeitern gegenüber, um den geplanten ersten Durchstich zur Rheinbegradigung zu verhindern – koste es, was es wolle.

Und tatsächlich: Es wird kosten! Die badische Regierung nämlich fackelt nicht lange, schickt Truppen, die die Bauarbeiten von nun an sichern, und setzt die Kosten dafür kurzerhand auf die Rechnung der Knielinger Gemeinde. Erst Jahre später werden die renitenten Bauern ihren Zorn in Lobeshymnen auf den „Bändiger des Rheins“, Johann Gottfried Tulla, verwandeln. Denn Knielingen bleibt erstmals verschont, als 1824 wieder einmal die Sturmglocken läuten – und die Wassermassen des bis dahin in weiten Teilen nicht regulierten Oberrheins erneut Dörfer und fruchtbares Ackerland überschwemmen, Häuser zerstören und jede Lebensgrundlage zunichtemachen.

Seit Jahrhunderten schon sind die Anrainer dem unberechenbaren Strom ausgesetzt, der sich immer wieder ein neues Bett sucht und in endlosen Flussschlingen durch die Auen mäandert, die im Sommer aufgrund ihrer Feuchtigkeit regelmäßig zur Brutstätte von Malaria werden. In vergeblicher Sisyphusarbeit haben die Bewohner der Oberrheinischen Tiefebene immer wieder versucht, den ungezähmten Rhein zu bändigen. Nun hat es sich der badische Ingenieur Johann Gottfried Tulla zur ehrgeizigen Lebensaufgabe gemacht, gegen alle Widerstände und über erschwerte politische Konstellationen hinweg die Rheinbegradigung voranzutreiben.

„Das größte Anliegen", schreibt Tulla in einer Denkschrift, „macht mir der Rhein, und sehe nach meinen Erfahrungen von Tag zu Tag mehr ein, daß eine vollkommene Rectification dieses Stroms unbedingt nothwendig wird."[2] Auch vor dem Hintergrund der allgemeinen Hungersnot im Jahre 1817 und den ständigen Streitigkeiten zwischen badischen und französischen Gemeinden über den Verlauf der Rheingrenze sieht er dringenden Handlungsbedarf. Man dürfe keine Zeit verlieren, „um endlich (...) dahin zu kommen, dass man sämtliche Rheinbauarbeiten nach einem festgesetzten Grundplan behandeln kann."[3]

Der am 20. März 1770 in Karlsruhe geborene Pfarrerssohn Johann Gottfried Tulla soll eigentlich in die Fußstapfen seines Vaters treten und Seelsorger werden. Doch bereits als Schüler zeigt sich sein außerordentliches Talent für die Mathematik. Nach Abschluss der Elementarschule besucht der junge Johann Gottfried das renommierte Markgräfliche Lyzeum in Karlsruhe, beschäftigt sich voller Hingabe mit mathematisch-technischen Fragestellungen und betreibt eigene Studien in höherer Algebra und praktischer Geometrie.

Der junge Tulla, dessen Vater die finanziellen Mittel für die weitere Ausbildung seines Sohnes nicht aufbringen kann, erhält auf Empfehlung seiner Lehrer ein Stipendium vom Landesfürsten, Markgraf Karl Friedrich, das ihm das Studium bei einzelnen namhaften Ingenieuren des Landes ermöglicht. Neben geometrischen Studien lernt Johann Gottfried das technische Zeichnen und das Anfertigen von Baurissen. Als 19-Jähriger, dem seine Lehrer „Genie und große Anlagen"[4] bescheinigen, legt er die Prüfung zum Geometer ab.

Nicht zuletzt im eigenen Interesse beschließt der Markgraf, die vielversprechende Laufbahn des frischgebackenen Vermessungsingenieurs Tulla auch weiterhin zu fördern –

die Markgrafschaft Baden braucht dringend Fachkräfte im Straßen- und Wasserbau. Und so schickt Karl Friedrich den jungen Tulla auf Staatskosten ins Ausland. Dort soll Johann Gottfried seine Kenntnisse der Hydromechanik und des Brücken- und Wasserbaus erweitern. Im Juni 1792 studiert der junge Mann in Gerabronn beim angesehenen Salinenbau-Ingenieur Karl Christian von Langsdorf weitere Gebiete des Ingenieurswesens wie Mechanik, Brücken- sowie Berg- und Wasserbau.

Ganz besonders fasziniert ihn die Hydraulik. „Ich freue mich auf diese Wissenschaft", schreibt der eifrige 22-Jährige in einem Brief an den Staatsminister von Wöllwarth, „weil sie mein Hauptfach ist, und verspreche mir die schönste Anwendung in der Praxi"[5].

Zwei Jahre später folgen Studienreisen nach Düsseldorf, Holland, Wien und Hamburg, wo Tulla wertvolle Einblicke in den Bau von Faschinen (entlang des Ufers befestigte Reisigbündel zur Absicherung der Schlammmassen), Schleusen, Deichen und Kribben (dammartige, rechtwinklig zum Ufer angelegte, steinige Bauwerke) gewinnt und an Stromgeschwindigkeitsmessungen am Rhein teilnimmt. Im Dezember 1794 schreibt sich der wissbegierige Tulla schließlich noch an der Bergakademie Freiberg ein, wo er zusätzlich Bergwerk- und Maschinenbau studiert, bevor er – im Ingenieurswesen nun umfassend ausgebildet – 1796 nach Karlsruhe zurückkehrt und in den badischen Staatsdienst eintritt.

Bei seinen mit dem Rheinbau verbundenen Tätigkeiten stellt Tulla in Verhandlungen mit den französischen Ingenieuren schnell fest, dass seine Sprachkenntnisse nicht ausreichen. Und so geht er – seinem Gesuch wird stattgegeben – 1801 an die erste technische Hochschule der Welt, die École Polytechnique in Paris. 1803 zurück in Karlsruhe übernimmt Johann Gottfried Tulla die Leitung des Ingenieurswesens in Baden und widmet sich von nun an seinem Lebenswerk, der Begradigung des Rheins.

Dazu hat der fachkundige Tulla im Laufe der Zeit längst umfangreiche Berechnungen und exakte geometrische Pläne erstellt, wo Dammbauten und Rheindurchstiche auszuführen sind, um den Flusslauf zu verkürzen und den Rhein künftig an breit ausufernden Überschwemmungen zu hindern. Kein Strom oder Fluss habe mehrere Arme nötig – davon ist der inzwischen zum Oberingenieur avancierte Tulla überzeugt, der 1807 die erste Ingenieursschule in Karlsruhe gründet, an der er auch selbst unterrichtet.

Doch Tullas Idee einer einheitlich durchgeplanten Rheinbegradigung, die er 1809 erstmals öffentlich macht, ruft, kaum ausgesprochen, sämtliche Gegner auf den Plan. In Fachkreisen hält man diese Vision für wahnsinnig, für Politiker ist sie utopisch: unwahrscheinlich, dass sich in Zeiten der anhaltenden Kriegswirren alle Rheinuferstaaten an der Begradigung beteiligen! Außerdem wolle sich das Großherzogtum Baden finanziell nicht überlasten, und der gewaltigen Strömung des Rheins könne man sowieso nicht Herr werden.

Aber Tulla, der Visionär, vom technisch Machbaren seiner kühnen Idee überzeugt, gibt nicht auf. Beharrlich betreibt er Öffentlichkeitsarbeit, über die er die Bevölkerung, zu deren Wohle er alles besser machen möchte, über seine landschaftsverändernden Pläne aufklärt.

In seiner Abhandlung über die „Rectification des Rheins von seinem Austritt aus der Schweiz bis zu seinem Eintritt in das Großherzogtum Hessen" schreibt der ambitionierte Ingenieur nicht nur detailliert über das Vorgehen und die finanziellen Vorteile einer Begradigung, sondern entwirft auch ein vielversprechendes Zukunftsbild für die Anwohner der Rheinniederungen: Überflutete Flächen würden durch die Begradigung des Rheins fortan trockengelegt, und die Niederungen, so Tulla, könnten dauerhaft landwirtschaftlich genutzt werden. Durch die Trockenlegung von Sümpfen werde sich auch das Klima längs des Rheins verbessern.

Weniger Nebel, mehr Wärme, angenehmere Luft seien die positiven Konsequenzen. „Die im Überschwemmungs-Gebiet liegenden Rheinorte werden trockener, nach und nach schöner, die Wohnungen gesünder und die Keller nach und nach trockener werden“[6], prophezeit der fachkundige Ingenieur. Nicht zuletzt hebt er die ganzjährige Schiffbarkeit und einen deutlich kürzeren Wasserweg als Vorteile der Begradigung hervor.

1817 schließlich ernennt Großherzog Karl Friedrich Tulla zum großherzoglich-badischen Oberst und Oberwasser- und Straßenbauingenieur und genehmigt unter Tullas Leitung den ersten Durchstich in der Nähe des Dorfes Knielingen bei Karlsruhe. Dass die Begradigung aus Mangel an technischen Hilfsmitteln allein mit Ochsengespannen bewältigt werden muss, vermittelt einen Eindruck von den großen Belastungen, denen die Rheinbewohner über Generationen hinweg – die Begradigung wird erst 1876 abgeschlossen sein – ausgesetzt sind.

Dabei geht der fachkundige Tulla folgendermaßen vor: Bevor die ausgreifenden Schlingen an ihren engsten Stellen durchstochen werden, wird auf der Strecke des gewünschten Rheinlaufs ein Leitkanal ausgegraben, in den der Hauptstrom umgeleitet werden kann. Hier setzt der Ingenieur ganz auf die Arbeitskraft des Rheins selbst, der den ausgehobenen Graben von Natur aus so lange weiter ausspült und tiefer gräbt, bis das neue Flussbett ausgebildet ist und mit Faschinen und Steinen befestigt werden kann. Dadurch soll der Grundwasserspiegel abgesenkt und das Gelände entsumpft und trockengelegt werden.

Erst Mitte des Jahrhunderts ist ein Erfolg auf ganzer Strecke abzusehen. Durch Verträge mit Frankreich und dem Königreich Bayern kommt die Bändigung des Rheins von Basel bis weit über Mannheim hinaus zügig voran. Allerdings wird Tulla, der bessere Zeiten für die Menschen am Oberrhein vorausgesagt hatte, die endgültige Verwirklichung seiner Vision nicht mehr erleben. Sein Nachfolger, Max Honsell, wird die Rheinbegradigung bis zu ihrem Ende 1876 weiter leiten.

Tulla, der zeit seines Lebens an rheumatischen und gichtartigen Beschwerden leidet und sich bereits des Öfteren zu Kuraufenthalten im württembergischen Teinach oder im St. Gallischen Dottingen aufhält, ist seit Jahren auch von einem Steinleiden gezeichnet. Die ständigen Auseinandersetzungen um die Rektifizierung, die jahrelangen Verhandlungen mit den Anliegerstaaten und Gemeinden sowie die Streitigkeiten mit seinen Gegnern haben zur Zerrüttung der ohnehin angeschlagenen Gesundheit des leidenschaftlichen Ingenieurs beigetragen.

Als die Schmerzen unerträglich werden, lässt der Leidgeprüfte im Oktober 1827 die Kutsche anspannen und begibt sich auf eine beschwerliche Reise zu einem Spezialisten nach Paris. Nach mehreren Operationen ist Tulla noch im November guter Dinge, dass er bald genesen nach Karlsruhe zurückkehren könne. „Wenn ich von meinem Übel befreit sein werde", schreibt er in einem Brief vom 7. November 1827, „so werde ich meinen hiesigen Aufenthalt so viel als möglich für mein Fach nutzen".[7]

Es wird anders kommen. Johann Gottfried Tulla, der unverheiratet bleibt, erholt sich nicht mehr. Er stirbt am 27. März 1828 im Alter von achtundfünfzig Jahren und wird auf dem Pariser Nordfriedhof, dem Cimetière de Monmartre, beigesetzt, im Beisein einiger Freunde, die eigens nach Paris geeilt sind. Als Würdigung seiner Verdienste kauft Großherzog Ludwig die Grabstätte auf ewige Zeiten an. Bis heute wird das Grab des badischen Ingenieurs auf Staatskosten unterhalten.

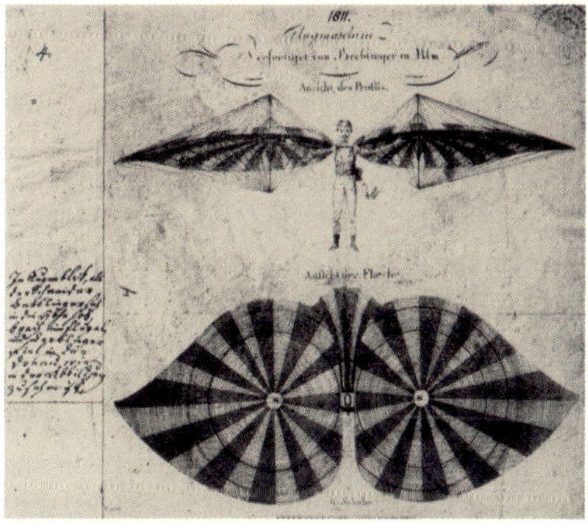

Berblingers Konstruktionsskizze seines Fluggeräts aus dem Jahr 1811.

ALBRECHT LUDWIG BERBLINGER

(1770–1829)

VOM PECH VERFOLGTER FLUGPIONIER

„Der Schneider von Ulm hot's Fliega probiert ..."[1]

Als Albrecht Ludwig Berblinger am Nachmittag des 31. Mai 1811 gen Himmel blickt, beschleicht ihn ein ungutes Gefühl. Das Wetter hat umgeschlagen. Er vermisst den tragenden Aufwind, den er von seinen unzähligen Flugversuchen auf dem Michelsberg kennt. Gestern war der Wind noch da, und auch heute, an seinem großen Tag, hat Berblinger so sehr darauf gehofft. An diesem Tag will er es endlich allen Zweiflern zeigen und beweisen, dass die Menschheit fliegen, ja, wie ein Vogel durch die Lüfte gleiten kann!

Seit seiner Kindheit hat Berblinger auf diesen Moment gewartet, hat dafür gearbeitet, getüftelt und probiert. Heute muss es klappen, auch ohne die Anwesenheit des Königs. Seine Majestät Friedrich I. von Württemberg sei schon am Morgen nach Stuttgart abgereist, lässt man Berblinger ausrichten, doch gewähre der König ihm zwanzig Golddukaten für das Abenteuer, egal, wie es ausgehe.

So macht Berblinger sich nun, Aufwind hin oder her, mit seinem selbstgebauten Flugapparat auf zur Ulmer Adlerbastei, wo eine tausendköpfige Menschenmenge entlang der Donau bereits gespannt auf das Spektakel wartet. Berblinger ist nervös, als er vor dem sieben Meter hohen Holzgerüst steht, das er eigens für dieses Abenteuer bauen ließ. Doch steigt er mutig nach oben, hält inne und wartet. Ob der Wind doch noch kommt? Eine Dreiviertelstunde tänzelt Berblinger hin und her und spannt seine Zuschauer auf die Folter.

Weiß wie ein Backsteinkäs' sei er gewesen, wird man sich später erzählen. Und doch wagt Albrecht Ludwig Berblinger in diesem Augenblick den Absprung: Zwanzig Meter über der Erde gleitet er kurz gen Ufer – und dann? Dann sieht er sein ganzes Leben vor sich: „Wie er an der Hand des Vaters den Vögeln nachgeblickt hatte, wie er in Blaubeuren unter dem brennenden Kirchdach gestanden, wie er (…) davon geträumt hatte, im Flug allem Elend zu entrinnen."[2]

Doch was der Triumph seines Lebens werden soll, verwandelt sich in eine Katastrophe, von der er sich nie mehr erholen wird: Berblinger kippt weg und stürzt kopfüber in die Donau, begleitet vom gnadenlosen Gelächter, von Hohn und Spott der Zuschauer. „Der Schneider von Ulm hot's Fliega probiert, do hot'n d'r Deifl en d Donau nei g'führt"[3], wird man hämisch dichten und singen – auch nach Jahrzehnten noch. Was für Albrecht Ludwig Berblinger einst so tragisch endete, ist für die Menschheit die Geschichte eines Anfangs. Denn in der Tat wagt der vielverspottete Schneider von Ulm – achtzig Jahre vor Otto Lilienthal und Charles Lindbergh – die ersten Gleitflugversuche der Welt. Erst viele Jahrzehnte später wird es Spezialisten gelingen, den Nachweis zu erbringen, dass Berblingers Flugapparat doch tauglich war und er nur scheiterte, weil er die Gesetze der Thermik nicht kannte.

Am 24. Juni 1770 kommt Albrecht Ludwig Berblinger in Ulm zur Welt. Keine gute Zeit für einen neuen Erdenbürger, denn die einst so blühende freie Reichsstadt ist hoch verschuldet und steht kurz vor dem Bankrott. Missernten der vergangenen Jahre haben die Getreidepreise ins Unermessliche getrieben, viele Familien müssen sich von Kräutern und Wurzeln ernähren, Arbeitsmangel und Arbeitslosigkeit sind das Los der meisten Handwerkerfamilien.

So wächst auch der kleine Albrecht in sehr bescheidenen, aber stabilen Verhältnissen auf. Die Familie ist angesehen in der Stadt, Albrechts Vater ist Amtsknecht im städtischen Zeughaus, in dem sich auch der Junge die meiste Zeit seiner frühen Kindheit aufhält. Vielleicht wird hier sogar der Grundstein gelegt für Albrechts Geschick auf dem Gebiet der Technik und Mechanik, eine Leidenschaft, die ihn von klein auf begeistert und nie mehr loslassen wird. Denn hier, im weitläufigen Areal des Ulmer Zeughauses, befindet sich auch die Waffen- und Modellsammlung der Stadt, ein Faszinosum für den Jungen.

Albrecht ist dreizehn Jahre alt, als sein Vater plötzlich stirbt. Es ist ein herber Einschnitt im Leben des Heranwachsenden, denn die Mutter sieht sich nun gezwungen, ihn und seine drei jüngeren Geschwister ins Waisenhaus zu geben. Dort bleibt er nur ein Jahr und beginnt mit vierzehn, auf Anordnung seines Waisenvaters, äußerst widerwillig eine Schneiderlehre. Wo bleibt nun die Zeit für alles Technische? Dennoch beendet Albrecht seine Lehr- und Gesellenzeit gewissenhaft und schneller als üblich, macht sich selbstständig und mausert sich, trotz harter Konkurrenz, bereits in wenigen Jahren zum erfolgreichen Geschäftsmann mit vier Angestellten.

Auch die Liebe kommt nicht zu kurz. Anna Scheiffelin, die Tochter einer alten Donauschifferfamilie, wird Berblingers Frau – sechs Kinder werden die beiden bekommen. Albrecht ist zweiundzwanzig Jahre alt, als er 1792 für sich und seine Familie ein Häuschen kauft, mitten im heutigen Ulmer Fischerviertel. Er wird es später wieder verkaufen, mit Frau und Kindern einige Jahre zur Miete am Münsterplatz wohnen, bis er sich dann in der Herrenkellergasse erneut für ein Eigenheim entscheiden wird.

Ein erfolgreicher Schneidermeister und Hausbesitzer zu sein – damit begnügt sich der ehrgeizige Berblinger in all den Jahren nicht. Viel lieber sieht er sich als Ingenieur und Tüftler, der die Mechanik nach vorne treiben und auf diesem Gebiet etwas Neues schaffen, ja, etwas Großes erreichen will. Und so tüftelt er nebenbei an Diesem und Jenem.

Ideen hat er viele. Im „Ulmer Intelligenzblatt" beispielsweise wirbt Berblinger für seine kürzlich entworfenen und im Team erbauten „gut konditionierten Kinderchaisen"[4] mit Rädern und Pferdeschlitten. Zeitgleich bastelt er an einer passenden Mechanik für künstliche Prothesen, denn Berblinger ist das „grausige Ansehen der Stelzen und Krücken"[5] schon lange ein Dorn im Auge. So fertigt er im Jahre 1808 eine Beinprothese für den Stadtsoldaten Elias Schlumperger an, die durch Gelenke und Stahlfedern aufgezogen und wieder entspannt werden kann. Im Ulmer Spital ist man begeistert und bescheinigt dem ideenreichen Konstrukteur in einem Gutachten für den König die Vortrefflichkeit dieser „Fußmaschine", deren Prinzip den Prothesen von heute immer noch zugrundeliegt.

Das Geschäft mit den künstlichen Beinen floriert, doch der emsige Tüftler verfolgt schon eine neue Idee. Seit seiner Kindheit schlummert in ihm ein Traum, der nun, stärker denn je, konkrete Gestalt annimmt. Was wäre, fragt sich Berblinger, wenn der Mensch fliegen könnte? Nicht in einem Heißluftballon wie die Brüder Montgolfier ein Vierteljahrhundert zuvor, sondern mit Flügeln – gleiten wie ein Vogel!

Dem Ulmer haben es die Ideen des Schweizer Uhrmachers Alfred Degen angetan, der mit der Konstruktion seines Schwingenflüglers, ausgestattet mit Flugklappen und einem Wasserstoffballon, vor Kurzem bereits Aufsehen erregt hat. Berblinger kennt die Flugversuche seines Vorbildes. Doch anders als Degen, der vom Boden aufstieg, hat er die Vision, von der Höhe herabzufliegen, nicht mehr im Schwing-, sondern im Gleitflug – darin sieht er die Zukunft.

Es ist das Jahr 1810, und Albrecht Ludwig Berblinger arbeitet an der Umsetzung seines Traums. Aus seidenen Schwingen und Fischbein konstruiert er einen halbstarren Hängegleiter mit zwölf Quadratmetern Tragfläche, ähnlich wie der von Degen, aber ohne Klappen und ohne Hebelmechanismus. Die Schwingen verbindet Berblinger mit einem Steckgelenk, das ihm beim Gleiten festen Halt bieten und kleine Ausschläge zulassen soll.

Ab nun macht sich der enthusiastische Schneider von Ulm jeden Nachmittag mit seinem Flugapparat auf zum Michelsberg und übt und übt und übt. Wie ein Vogel, so erzählen sich Augenzeugen erheitert, sehe man den Berblinger im Weinberg von Gartenhäuschen zu Gartenhäuschen „fliegen".

Am 24. April 1811 schließlich gibt er im „Schwäbischen Merkur" selbstbewusst bekannt, dass es ihm nach mehreren Monaten mit enormer Mühe gelungen sei, „mit Aufopferung einer sehr beträchtlichen Geldsumme und mit Anwendung eines rastlosen Studiums der Mechanik (...) eine Flugmaschine zu erfinden."[6] In wenigen Tagen, so wirbt der stolze Pionier, werde er seinen ersten Versuch unternehmen. Zu weiteren Werbezwecken lässt der geschäftstüchtige Berblinger seinen Flugapparat bis zum Flugtag gegen einen Obulus im Saal des Gasthauses „Zum Goldenen Kreuz" ausstellen.

Am 30. Mai kündigt der neue Landesvater, Seine Majestät König Friedrich I. von Württemberg, seinen Antrittsbesuch in Ulm an. Man will dem Monarchen etwas Besonderes bieten und legt Berblingers großen Tag auf dieses Datum. Der Ort: die Adlerbastei, eine fast dreizehn Meter steil aufsteigende Befestigungsanlage über den Ufern der Donau.

Alle kommen sie: der König und sein Gefolge sowie Tausende Ulmer, die sich dieses wagemutige Abenteuer nicht entgehen lassen wollen. Doch Berblinger, hoch oben auf der Rampe, in roter Schärpe und sein Fluggerät umgeschnallt, bricht plötzlich ab. Der linke Flügel sei gebrochen, er könne jetzt nicht fliegen, er wolle das Spektakel auf morgen verschieben.

So folgt am darauffolgenden Tag der unglückliche zweite Versuch, am Ende mit dem abgestürzten Berblinger im Wasser liegend. Während die spottenden Zuschauer laut lachend in den Gassen verschwinden, springen die Fischer, die dem Schauspiel am Ufer zusehen, eilig in ihre Boote, um den Verunglückten samt zerbrochenem Flugapparat aus dem Wasser zu ziehen.

Blamiert steht Berblinger da, sein Lebenstraum zerplatzt. Zwar überlebt er den Absturz, aber für ihn wird nichts mehr so sein, wie es war. Fortan ist er das Gespött der Stadt, und auch Seine Majestät, der König, witzelt aus der Ferne, Schneider seien wohl zu leicht zum Fliegen, und verbietet nun der ganzen Zunft bei Strafe jeden weiteren Flugversuch. Berblinger kann sich nun nirgends mehr sehen lassen. Seine Existenz ist ruiniert. Er verlässt Ulm. Niemand weiß, wo er sich aufhält. Einige Monate später taucht er wieder auf, arbeitet kurzzeitig als Regimentsschneider, doch bald verliert sich seine Spur erneut.

Ulm 1816. Man habe den Berblinger gesehen, schlecht sehe er aus, geradezu heruntergekommen. In der Tat – es geht ihm nicht gut. Selten hat ihn im Leben etwas so getroffen, wie dem Gespött der Ulmer hilflos ausgeliefert und –

schlimmer noch – ein verkannter Visionär zu sein. Fünf Jahre nach seinem unglücklichen Absturz in die Donau ist Berblingers Leben ein Trümmerhaufen. Er gibt sich dem Nichtstun hin, trinkt, spielt, verliert sein Haus und bald auch seine Bürgerrechte.

Zwei Jahre später stirbt seine Frau. Obwohl er ein zweites Mal heiratet und sich erneut um eine Stellung als Schneider bewirbt, kann er an sein altes Leben nicht mehr anknüpfen. Am 28. Januar 1829 stirbt auch der ungeliebte Sohn der Stadt im Ulmer Spital an Auszehrung und wird in einem Armengrab beerdigt.

Berblingers Leben – das Schicksal eines „200 Jahre zu früh Geborenen"[7] – wird der Ulmer Ingenieur, Schriftsteller und Maler Max Eyth über siebzig Jahre später in einem Roman beschreiben. Bald schon werden es andere sein, die Berblingers Ideen vom Fliegen aufgreifen und weiter vorantreiben.

Dass sein Flugapparat doch flugfähig gewesen ist, hat der Schneider von Ulm nie erfahren. Es ist daher sehr reizvoll, sich vorzustellen, was er wohl denken würde, wenn er noch einmal an der Donau stehen, gen Himmel blickend die Flugzeuge bestaunen und sehen könnte, dass sein Traum vom Fliegen Wirklichkeit geworden ist – gerade auch mit Hilfe seiner Konstruktion.

Karl Drais setzt die Menschheit aufs Fahrrad.

KARL DRAIS

(1785–1851)

PFIFFIGER ZWEIRADERFINDER

„Welche Lust, so dahin zu eilen, der Schwalbe gleich …“[1]

Der 12. Juni des Jahres 1817 ist ein Tag, der in die Geschichte eingehen wird. Seine Hauptdarsteller: Karl Friedrich Christian Ludwig Freiherr Drais von Sauerbronn und seine hölzerne Fahrmaschine, die als „Draisine“ bald in aller Munde sein wird. An diesem Donnerstag Morgen vor Pfingsten nämlich ist es so weit: Der 32-jährige badische Tüftler und Forstbeamte verlässt sein Mannheimer Wohnhaus im

Quadrat M1 Numero 8 und rüstet sich für eine Jungfernfahrt mit seinem frisch konstruierten, vom Wagnermeister Frey erbauten Zweirad. Die Strecke: von Mannheim zum Schwetzinger Relaishaus und wieder zurück.

Nur eine Stunde wird die Fahrt dauern, und sie kommt einer Sensation gleich, braucht doch eine vierfach bespannte Pferdekutsche für die gleiche Strecke bisher noch die vierfache Zeit. „Die Schnelligkeit meiner Maschine", so der Erfinder, „gleicht auf ebenen, harten Wegen durchaus dem des Schlittschuhfahrens. Bergab aber werden die besten Pferde auf langen Strecken übertroffen."[2]

Ein Laufen und Rollen stets in geschickter Balance – so sieht die erste Zweiradfahrt der Welt aus, mit der Karl Freiherr von Drais nicht nur Schlagzeilen über die heimischen Grenzen hinaus macht, sondern auch den Grundstein für das Zeitalter der modernen Mobilität legt. Noch wird seine Erfindung an jenem Donnerstagmorgen von herbeigeeilten Zuschauern spöttisch belächelt werden, nicht ahnend, dass sie in diesem Augenblick Zeitzeugen einer großen Erfindung sind. Karl Drais' „Velociped" nämlich, wie sich der Tüftler sein Gefährt später patentieren lässt, ist die Geburtsstunde des Fahrrads.

Am 29. April 1785 wird Karl Drais, der seine Adelstitel später ablegen wird, in Karlsruhe geboren. Dort verbringt er auch seine Schulzeit und besucht im Jahre 1800 das Lyzeum, das er mit einem Realschulabschluss verlässt. Karl macht anschließend eine Ausbildung an der privaten Forstschule seines Onkels Friedrich Heinrich Georg in Pforzheim. Da der frisch gebackene Forstmeister nicht gleich eine Stelle bekommt, studiert er von 1803 bis 1805 auch noch Mathematik, Physik und Baukunst in Heidelberg und tritt danach in den badischen Forstdienst ein. Nun ist er stolzer Beamter des Großherzogs von Baden. Und als Beamter genießt er seit 1811 das Privileg, bei vollen Bezügen vom Dienst beurlaubt zu sein, um als Erfinder arbeiten zu können.

Karl hat Glück, denn sein Vater, Karl Wilhelm Ludwig Friedrich Freiherr von Drais und Präsident des Badischen Obergerichtshofs, ermöglicht seinem Sohn nicht nur eine hervorragende Ausbildung und die Übernahme in den badischen Forstdienst, sondern unterstützt auch Karls Freistellung. So kann sich Karl mit nur sechsundzwanzig Jahren fortan ganz seinen Erfindungen widmen. Neben der Draisine wird der vielseitig Begabte über die Jahre auch einen Klavierrekorder, ein neues Rechensystem, einen Holzsparofen, die Tastenschreibmaschine und einiges mehr erfinden.

Mannheim im Jahr 1813. Der junge Freiherr ist enthusiastisch. Großherzog Karl hat ihm gerade eine Ehrenauszeichnung für seine neueste Erfindung ausgestellt: einen vierrädrigen, mechanischen Wagen, der ohne Pferde und nur mit der Muskelkraft der in ihm sitzenden Passagiere leicht und schnell betrieben werden kann. Es ist Karls allererste Fahrmaschine, von ihm selbst als „Fahrmaschine I" bezeichnet, ein Vorläufer der späteren Draisine. Auch Seine Majestät, Zar Alexander I. von Russland, hat sich den Wagen gleich zweimal vorführen lassen und zeigt sich begeistert. Als Anerkennung lässt er dem stolzen Erfinder einen Brillantring zusenden.

Ein zweites, verbessertes Modell stellt Karl Drais zwei Jahre später auf dem Wiener Kongress vor, wo sich 1815 zur Neuordnung Europas die Reichen und Mächtigen tummeln. Doch die anfängliche Begeisterung ist kurz. Eine weitere finanzielle Unterstützung und das erhoffte Privileg durch Badens Großherzog bleiben aus, denn allzu viel hält man wohl doch nicht von Drais' Erfindung. Als „mechanische Spinnerei" abgetan, gerät sie alsbald in Vergessenheit. Außerdem hat man gerade andere Sorgen. Nach der entscheidenden Völkerschlacht bei Leipzig und dem Sieg gegen Napoleon wird der Großherzog von Baden die nächsten Jahre mit der politischen Neuordnung des Landes beschäftigt sein und hat wenig Sinn für Spielereien.

Und nicht nur das. Seit 1812 ist der Südwesten von zahlreichen Missernten betroffen. Im April 1815 bricht in Indonesien der Vulkan Tambora aus, der eine Klimakatastrophe auf der ganzen Welt auslöst. Die Staubwolken, die der Vulkan ausstößt, verdunkeln bald auch den Himmel über Baden. Temperaturrückgang, Dauerregen und Schneefall im Sommer sind weitere Folgen.

1816, im „Jahr ohne Sommer“, ist die Ernte komplett verdorben und zieht eine verheerende Hungersnot nach sich. Die Haferpreise steigen so hoch, dass selbst Vermögende sich keine Pferde mehr leisten können. Weniger Wohlhabende schlachten die Tiere sogar, um zu überleben. Wie soll man sich nun in Zukunft fortbewegen?

Dies wird die Stunde des Karl Friedrich Freiherrn von Drais. Erneut also Bühne frei für den unermüdlichen Tüftler und seine neue Idee einer mechanischen Fahrmaschine. Diesmal, mittlerweile ist es 1817, hat Karl eine andere Lösung. Warum nicht statt vier Rädern nur zwei? Und diese so anordnen, dass sie hintereinander laufen? Dazu ein Sitz, davor ein Brettchen, um die Arme aufzustützen und einen Lenker aus Holz – fertig ist die neue Konstruktion!

Die Fahrweise liefert der pfiffige Erfinder gleich mit: Nachdem man sich auf den Sitz gesetzt hat, lege man mit etwas vorgerichtetem Körper die Arme mit weit voneinander entfernten Ellenbogen fest auf das Balancierbrett auf und suche sich dabei mit der Maschine im Gleichgewicht zu halten, „indem man immer da sanft hinunter drückt, wo das Brettchen anfangen will, zu steigen.“[3] Alsdann mache man, die Füße leicht aufsetzend, große, aber anfangs langsame Schritte. Erst nach „hinlänglicher Fertigkeit im Balancieren und Dirigieren“[4] schiebe man sich schneller und halte meistens beide Füße zugleich in die Höhe, um „auszuruhen, während man in voller Schnelligkeit fortrollt“.[5]

Diesmal trifft Karl Drais den Nerv der Zeit. Auch das Schlittschuhfahren, gerade in Mode gekommen, begünstigt die neue Art, sich balancierend fortzubewegen. Karls Jungfernfahrt von Mannheim nach Schwetzingen am 12. Juni 1817 macht jedenfalls Furore. Mehrere Zeitungsberichte erscheinen, und um noch mehr Aufmerksamkeit zu erregen, bricht der einfallsreiche Karl zu Marathon-Touren auf, zum Beispiel von Karlsruhe nach Kehl in vier Stunden oder von Darmstadt nach Frankfurt und von dort zurück nach Mannheim.

In den Sommermonaten des Jahres 1817 macht sich der Freiherr auf zu einer Fahrt in die Kurstadt Baden, das heutige Baden-Baden. Dort nämlich ist halb Europa zur Sommerfrische versammelt. Und spätestens als der Erfinder mit seinem Zweirad über den Schwarzwaldpass zwischen Gernsbach und Baden-Baden rollt, fängt die Öffentlichkeit Feuer. Wissenschaftliche Gesellschaften machen Karl Drais zum Ehrenmitglied.

Bald schon tritt die Draisine ihren Siegeszug in die ganze Welt an: England, Frankreich, ja, sogar Amerika und Indien werden im Laufe der Zeit vom Draisinen-Fieber erfasst. In England sagt man „hobby-horse", in Frankreich „vélocipède", in Amerika „Tracena". Überall werden Nachbauten gemeldet, und auch bei Drais selbst gehen Bestellungen ein. Endlich bekommt er das ersehnte Erfindungspatent und wird mit vierunddreißig Jahren vom badischen Großherzog zum Professor für Mechanik ernannt. Doch Drais' Versuch, durch das Privileg den überhand nehmenden Raubkopien in großem Stil Einhalt zu gebieten, gelingt nicht.

Immerhin sind die „Draisinen-Reiter" nun in aller Munde und aus dem Stadtbild nicht mehr wegzudenken. Draisinen-Rennen, besonders bei jungen Studenten beliebt, sorgen für Aufsehen, und eine Fahrt über Kehl bis nach Paris schafft es sogar in die französischen Zeitungen. Zumindest für einige Jahre bleibt die Erfindung von Karl Drais in Mode. Als die Fahrmaschinen sich aber immer häufiger auf den wohlpräparierten Gehwegen ausbreiten, mehren sich die

Unfälle, und die Obrigkeit schreitet ein. So werden die Draisinen im Laufe der Zeit nicht nur in Baden, sondern auch in Frankreich, England, Amerika und sogar Kalkutta polizeilich verboten und verschwinden wieder aus dem Straßenverkehr.

Als sich die Wetterlage langsam wieder normalisiert und im Laufe des Jahres 1817 die ersten guten Ernten eingefahren werden, gehören auch Pferde wieder zum Straßenbild. Die Anfänge einer Entwicklung des Individualverkehrs, die Karl Drais vorübergehend berühmt gemacht hat, werden nun, so scheint es, zumindest vorübergehend im Keim erstickt.

Szenenwechsel. Am 23. März 1819 ermordet ein radikaler Burschenschaftler in Mannheim den anti-napoleonischen Schriftsteller und Goethe-Kritiker August von Kotzebue. Der Mörder wird gefasst und hingerichtet, was auch dem Erfinder Drais um ein Haar zum Verhängnis wird. Denn den Schuldspruch über den Mörder fällt Karls Vater, der oberste Richter Badens. Karl Drais selbst wird daraufhin von Anhängern des verurteilten Mörders so massiv bedroht, dass er nach Brasilien auswandert.

Auch als er nach sechs Jahren wieder zurück in Mannheim ist, gehen die Probleme weiter. Karl Drais engagiert sich öffentlich für die Demokratiebewegung und wird dabei fast Opfer eines Mordanschlags. Diesmal flüchtet er in den Odenwald, ins ferngelegene Dorf Waldkatzenbach, und erfindet hier eine vierrädrige Schienendraisine mit Fußantrieb.

Ab 1845 zieht Karl erneut in seine Heimatstadt Karlsruhe, wohnt mal hier, mal da und wird von seinen Geschwistern finanziell unterstützt. Im Zuge der Badischen Revolution 1848 legt der überzeugte Demokrat seine Adelstitel öffentlich nieder und will von nun an nur noch „Bürger Karl Drais" genannt werden.

Nach dem Scheitern der Revolution allerdings brechen für ihn bittere Zeiten an. Eine Rufmordkampagne beginnt, von der sich Karl Drais nie mehr erholen wird. Seine Existenz wird systematisch ruiniert, seine gesamte Pension zur Abdeckung der Revolutionskosten beschlagnahmt, er selbst wird diffamiert, und seine Erfindungen werden der Lächerlichkeit preisgegeben. Schon länger kursieren in Mannheim Drais-Karikaturen, und die einst so populäre Laufmaschine krönt das Titelbild des Faschingsblatts „Narrenspielgel" des Jahres 1844.

Im April 1851 droht dem gesundheitlich angeschlagenen Karl nach einem amtsärztlichen Gutachten schließlich die Entmündigung. In dem Schreiben heißt es: „In psychischer Hinsicht gehört von Drais (…) seit langem in die Kategorie der Halbnarren und verschwendet Zeit und Geld an seine meist läppischen und unsinnigen Pläne".[6]

Dass sein Zweirad in Paris dreizehn Jahre später eine neue Blütezeit erlebt, bekommt Karl Drais nicht mehr mit. Am 10. Dezember 1851 stirbt er mit sechsundsechzig Jahren in Karlsruhe völlig verarmt.

Friedrich Hecker führt 1848 die Demokratiebewegung in Baden an.

FRIEDRICH HECKER

(1811–1881)

HEISSSPORNIGER REVOLUTIONÄR

„Zum Maulkorb war meine Schnauze zu ungestaltet.“[1]

Am Morgen des 13. April 1848 rüstet sich Friedrich Hecker für das größte Ereignis seines Lebens. Entschlossen und siegesgewiss legt er die Revolutionsuniform an. In blauer Bluse, hohen Stulpenstiefeln, Säbel und Pistole am Gürtel, als Symbol der Demokratie den breitkrempigen Kalabreser auf dem Kopf, so macht er sich auf zum Konstanzer Marktplatz, wo bereits fünfundfünfzig bewaffnete Männer auf ihren Anführer warten.

Noch am Tag zuvor hat er in der Stadt die Republik verkündet und in derselben Nacht zum Aufstand aufgerufen. Keine Kompromisse mehr! „Es gilt in Baden loszuschlagen."[2] Im kalten Regen und unter hellem Trommelschlag marschiert der Hecker-Zug durchs Land, fest entschlossen, für die Republik das eigene Leben einzusetzen. „Ich bin vollständig Demokrat", proklamiert Hecker schon früh, „ich habe immer politische Heuchler gehasst, ja noch mehr, ich verachte sie!"[3] Es werden über eintausend sein, die sich dem Freiheitszug anschließen, noch nicht ahnend, dass ihr Unternehmen zum Scheitern verurteilt sein wird.

Hecker ist der Held der ersten deutschen Demokratiebewegung, ein badischer Che Guevara, ein Robin Hood der Revolution von 1848. Hitzig, impulsiv und kompromisslos – so erhebt der im Kraichgau geborene Rechtsanwalt und Radikaldemokrat Friedrich Karl Franz Hecker seine Stimme für die Belange der Unterdrückten. Sein Traum: ein freies, friedliches Deutschland, vereint mit den anderen Nationen Europas. Sein Credo: „Sieg oder Tod für die Republik"[4] – jetzt oder nie! Seine Sprache: scharfzüngig, humorvoll und derb. Der, der mit Hut, Feder, Säbel und Pistole auszieht, um die Badener in eine freie Republik zu führen, scheitert dennoch am bröckelnden Rückhalt seiner liberalen Mitstreiter, an strategischer Koordination und der Übermacht der Regierungstruppen. Er wird fliehen. „Setzt nicht auf mich, setzt auf euer Recht!"[5], wird er sich ins Exil verabschieden. Und während man im eigenen Land unter Strafe jede Erinnerung an den „Hochverräter" ausradieren will, avanciert er in seiner Wahlheimat, den Vereinigten Staaten, zu einem der einflussreichsten und bekanntesten Deutschamerikaner während des Bürgerkriegs.

Friedrich Hecker, der Mann mit der Feder im Hut, ist bereits zu Lebzeiten ein Mythos – er ist der Star unter den

Revolutionären. Der Volksschriftsteller Heinrich Hansjakob, einst selbst glühender Hecker-Anhänger, schildert in seinen Jugenderinnerungen, wie vor allem die Jungen ihrem Idol nacheiferten: „Nachdem schon die Kinzigtaler Pfauen gerupft worden waren“, schreibt er, „mussten schließlich auch noch die Hähne Schwanzfedern lassen“[6] – für die in Mode gekommenen Hecker-Hüte der jungen Burschen.

Auf Biergläsern, Tabakspfeifen und Broschen hat man Heckers Konterfei verewigt. Bänkellieder und Gedichte erinnern bis heute an den badischen Revolutionär, der in der Rezeption dieses Abschnitts deutscher Geschichte dennoch kaum über die Grenzen von Baden und Württemberg hinaus eine Rolle spielt. Wer war dieser heißblütige Freiheitskämpfer? Was trieb ihn an?

Am 28. September 1811 wird Friedrich Karl Franz Hecker im Kraichgau-Städtchen Eichtersheim als Sohn des Rentamtmanns Josef Hecker und der Wilhelmine von Lueder geboren – den Überlieferungen nach genau um „1/4 auf 11 Uhr“[7]. Vater Hecker, der als Finanzverwalter für den Freiherrn von Venningen arbeitet, tritt politisch hervor, als er 1815 eine kritische Petition gegen die Verschwendungssucht des Hofes an den Großherzog von Baden richtet.

In selbstbewusst-freiheitlichem Geist wächst der junge Friedrich Karl mit seinen drei Geschwistern auf. Ein gewisses rhetorisches Talent des Heranwachsenden fällt bereits in der Schule auf. „Junge, wo hast du denn nur das lose Maul her?“[8], soll Vater Hecker seinen Sohn zuweilen gefragt haben. „Wer hatte mir denn“, wird der ihn später erinnern, „immer vorerzählt von (...) der scheußlichen politischen Wirtschaft im Deutschen Reich als er selbst? Da ist mir als Knabe schon die Galle gestiegen, und ich denke, ich habe auch das Maul manchmal richtig gebraucht!“[9]

Nach Abschluss des Gymnasiums in Mannheim beginnt der 19-jährige Friedrich im Wintersemester 1830 sein Jurastudium, zunächst in Heidelberg, dann in München. Er zeigt sich begeistert von der amerikanischen Staatsform der Demokratie und entwickelt bereits hier seine ablehnende Haltung gegen die Todesstrafe, die er in seinem späteren politischen Leben immer wieder abzuschaffen versucht.

Im Paris des Jahres 1836 will Friedrich Hecker, inzwischen Doktor der Jurisprudenz, nach seinem Referendariat am Karlsruher Landamt weitere praktische Erfahrungen sammeln. Ein halbes Jahr lang besucht er nun öffentliche Gerichtsverhandlungen sowie Sitzungen der französischen Nationalversammlung. Auch unter diesem Einfluss wird er sich später als Abgeordneter des Landtags für eine Demokratisierung des Justizsystems stark machen.

Doch zunächst fängt er, gemeinsam mit seinem zukünftigen Mitstreiter Gustav Struve, als Advokat am großherzoglichen Oberhofgericht in Mannheim an. Es ist auch die Zeit, in der er an eine eigene Familie denkt, denn hier in Mannheim lernt er die junge Josefine Eisenhardt kennen und lieben. 1839 heiraten die beiden und werden sieben Kinder bekommen. In Mannheim sieht sich Hecker genau am richtigen Ort. Das Lebensgefühl in der Stadt ist liberal, man ist Neuem gegenüber aufgeschlossen und bereit für Veränderungen.

Hecker entwickelt sich zu einem ausgezeichneten Juristen, doch er will auch politisch Karriere machen. Inzwischen einunddreißig Jahre alt, tritt er 1842 erstmals für den Mannheimer Gemeinderat zur Wahl an und schafft es im gleichen Jahr mit einem Landtagsmandat in die Badische zweite Kammer in Karlsruhe.

Ab jetzt wird Hecker zur öffentlichen Figur und bringt nicht nur neue Ideen, sondern auch neuen Schwung ins Parlament. „Das ist ein vollsaftiger, gesunder Mensch“[10], beschreibt ihn ein Zeitgenosse. Aufrichtig sei er und ohne Tücke. „Hier ist Unmittelbarkeit, wenn er auftritt und (...) mit einer kräftigen Baritonstimme zu reden anfängt“[11]. Man spüre sofort, dass da einer rede, der nicht aus der Schreibstube komme, sondern „aus dem Kreise rüstiger

Leute, welche eine tüchtige Veränderung wollen im Staatsleben."[12]

So sehr auch sein impulsives Auftreten imponiert und bisweilen für Erheiterung sorgt – konservative Abgeordnete schlagen ihm vor, ein Kissen zu unterlegen, damit seine Faustschläge auf dem Pult nicht gehört werden: Das Misstrauen gegen Friedrich Hecker ist groß. Bald schon erkennen seine Widersacher, dass hier ein Kompromissloser, ein Radikaler vor ihnen steht. Vereinigungs-, Meinungs- und Pressefreiheit, allgemeines Männerwahlrecht, eine landesweite Bürgerwehr, Abschaffung der Berufsheere, die klare Trennung zwischen Kirche und Staat sowie die Abschaffung der Todesstrafe und Freiheit für alle Klassen der Gesellschaft – das sind die liberalen Forderungen, die in der Luft liegen. Und es sind auch die des Advokaten Hecker, der sich als „Rechtsfreund des Volkes"[13] versteht.

Bald schon wird er sich in der Kammer ganz offen zur Republik bekennen. Das jahrelange Herumbasteln an Reformen reicht ihm nicht mehr, und die Auseinandersetzungen mit den Gemäßigten, den „Halben", wie er sie nennt, sind für ihn auf lange Sicht Zeitverschwendung. Er will den liberalen Zeitgeist nun endlich gesetzlich verankert sehen – sofort und ohne Kompromisse mit den Fürsten. Doch das liberale Lager bleibt gespalten. Nach fünf Jahren aufreibender Parlamentsarbeit wirft Hecker sein Amt hin, reist nach einer kurzen Auszeit als Redner durchs Land und will die Massen für die Idee der Revolution begeistern. Hecker ist zu diesem Zeitpunkt populärer denn je. Auf der großen Offenburger Versammlung am 12. September 1847 formuliert er gemeinsam mit Grustav Struve seine dreizehn „Forderungen des Volkes in Baden"[14], die als Flugblätter und in Zeitungen in ganz Deutschland verbreitet werden.

Inzwischen hat auch die Nachricht von der Februar-Revolution des Jahres 1848 in Frankreich viele Badener euphorisch gestimmt und in eine aufrührerische Stimmung versetzt. Noch aber zögert Hecker, auf der zweiten Volksversammlung in Offenburg im März 1848 die Republik auszurufen. Denn er hofft auf seine Wahl in den Ausschuss des Frankfurter Vorparlaments, der eine Nationalversammlung vorbereiten soll. Doch Hecker bleibt außen vor, eine Niederlage, die ihn den Entschluss fassen lässt: „Hier in Frankfurt ist nichts mehr zu machen, es gilt, in Baden loszuschlagen"[15]. Aus Furcht vor seiner Verhaftung flieht er über Karlsruhe und das Elsass an den Bodensee und erreicht am 11. April Konstanz.

Als sich der fünfundfünfzig Mann starke Hecker-Zug am 13. April 1848 in Bewegung setzt, regnet es in Strömen. Hecker muss zugeben, dass er sich eine viel größere Resonanz auf seinen Aufruf erhofft hatte. Viele, stellt er verärgert fest, die sich noch tags zuvor solidarisch erklärt haben, bleiben zu seiner Enttäuschung zu Hause. Immerhin: Auf dem Weg durch die Dörfer schließen sich den Freischärlern noch Hunderte Bauern, Handwerker und Kleingewerbliche an, und die nunmehr tausendköpfige Hecker-Schar zieht mehrere Tage durch den Schwarzwald gen Kandern.

Emma Herwegh schlägt sich zu Hecker durch. Die Frau des schwäbischen Dichters und Freischarführers Georg Herwegh bietet die Hilfe der Deutschen Demokratischen Legion aus Paris an, die kampfesmutig bereitstehe. Doch der stolze Hecker lehnt ab. Er will die Freiheit aus eigener Kraft erkämpfen. Auch wenn Emma Herwegh bei Hecker nichts ausrichten kann, verdanken wir ihrem Augenzeugenbericht einen kleinen Einblick in den Revolutionsalltag: „Da sah 's aber köstlich aus", schreibt sie angetan, „grad wie in Wallensteins Lager. Hier eine Gruppe, dort eine Gruppe, einige lagen auf dem Boden, andere saßen im lebhaften Gespräch um Tische, (...) dazu die vollste Anarchie im Begriff der Kleidung und Waffen"[16]. Ungetrübt heiter seien sie gewesen, erzählt Emma beeindruckt, „kein einzig Leichenbitter-Gesicht"[17].

Als Hecker und seine Anhänger am 20. April auf der Scheideck bei Kandern auf die Regierungstruppen treffen, haben sie kaum eine Chance. Miserabel ausgerüstet stehen sie der mehr als doppelt so großen Anzahl der hessischen und badischen Truppen unter General von Gagern gegenüber. Der Hecker-Aufstand ist zum Scheitern verurteilt. Als die ersten Schüsse fallen, töten sie auch den General, doch nach kurzem Feuergefecht sind die Freischärler geschlagen. Viele sterben, die meisten fliehen. Auch Hecker, der sich nach Muttenz durchschlägt und untertaucht. „Es sieht düster aus", schreibt er im Juni 1848 an Emma Herwegh. „Die Freiheit verhüllt ihr Haupt, und mich zieht es heimwärts nach der Heimat, (...) nach dem Westen Amerikas"[18].

Als Friedrich Hecker am 5. Oktober 1848 in New York von Bord der „Herrmann" geht, stehen gut 20.000 Menschen im Hafen und bejubeln ihn wie einen Helden. „Ich bin empfangen worden wie seit Lafayette kein Europäer"[19], schreibt er euphorisch an seine Frau. Die Taten des deutschen Revolutionärs, der die nächsten dreiunddreißig Jahre seines Lebens in seiner amerikanischen Wahlheimat verbringen wird, haben sich bis in die neue Welt herumgesprochen. Ein neues Leben wartet auf ihn. Es wird erfolgreich sein.

Zu Hause wird er in Abwesenheit des Hochverrats angeklagt. Ein Vierteljahrhundert später, am 28. August 1873, wird er auf seiner letzten Deutschlandreise im Bankettsaal des „Badener Hofes" in Mannheim noch einmal Stellung zu diesem Vorwurf beziehen: „Ich bin ein Deutscher geblieben (...) im republikanischen Sinn! (...) ich will freie Erde und freies Vaterland!"[20]

Am 24. März 1881 stirbt Friedrich Hecker im Alter von neunundsechzig Jahren auf seiner Farm bei Summerfield.

Gottlieb Daimler baut 1886 das erste vierrädrige Automobil der Welt.

GOTTLIEB DAIMLER

(1834–1900)

IKONE DER MASSENMOBILITÄT

„Von hier wird ein Stern aufgehen ...“[1]

Die Postkarte, die der gut gekleidete Herr mittleren Alters in seinen Händen hält, ist für seine Frau Emma bestimmt. Sie zeigt eine Stadtansicht von Köln aus der Vogelperspektive. Er nimmt einen Stift und zeichnet auf das Foto den neuen Wohnsitz der Familie ein. Hoch über das Hausdach malt er ein dreizackiges Gebilde und schreibt prophetisch: „Von hier wird ein Stern aufgehen.“[2]

Die Szene spielt in Köln im März des Jahres 1872. Der aufstrebende Ingenieur und Familienvater Gottlieb Daimler, der sich als Produktionsleiter im Maschinenbau bereits einen Namen gemacht hat, ist seit Kurzem frisch gebackener Technischer Direktor der weltbekannten Gasmotoren-Fabrik Deutz. Kein Geringerer als Nikolaus Otto, kaufmännischer Leiter und Erfinder des Viertaktmotors, hat ihn in sein Werk geholt. Eine vielversprechende Karriere liegt vor Daimler, denn hier, in der Kaderschmiede des Motorenbaus, will er zeigen, was er kann. Hier sieht der ehrgeizige Visionär die Chance, mit der Weiterentwicklung des Viertaktmotors seinen Lebenstraum Wirklichkeit werden zu lassen: die Motorisierung der Menschheit zu Lande, zu Wasser und in der Luft.

Doch der Traum platzt – vorübergehend. Die Chemie zwischen Otto und Daimler will einfach nicht stimmen. Zwar macht Daimler den Otto-Motor serienreif, doch schwebt ihm vor, den Motor zu verbessern, ihn kleiner und schneller werden zu lassen. Die Geschäftsleitung dagegen will lieber schnellen Profit. Der talentierte, empfindliche und zuweilen cholerische Daimler beschimpft den Autodidakten Otto als „Dilettanten", sein Labor als „Murksbude", verbittet sich jede Einmischung in seinen Bereich. Und obwohl bereits in den ersten vier von zehn Jahren seiner technischen Leitung des Betriebs die Zahl der Arbeiter von 66 auf 261 steigt, sind die Tage Daimlers in der Firma gezählt. Frustriert schreibt er an einen Freund: „Es ist zum Kuckuck-Holen, dass überall die Leute erst durch Schaden klug werden und der ruhig denkende Techniker durch den schwungvollen Kaufmann von seiner Bahn abgelenkt wird."[3]

Mit einer satten Abfindung, die er sich aushandelt, kehrt Daimler, nun fast fünfzig Jahre alt, in seine schwäbische Heimat zurück und kauft für sich und seine Familie eine Villa in Bad Cannstatt. Eigentlich könnte er sich zurückziehen. Geld hat er nun genug. Doch Gottlieb Daimler verfolgt andere Pläne. Bald schon wird er von hier aus die Welt verändern.

Zu diesem Zeitpunkt kann der am 17. März 1834 in Schorndorf geborene Bäckerssohn bereits auf eine ungewöhnliche, internationale Karriere zurückblicken. Erwähnenswert sein zeichnerisches Talent, mit dem er bereits in der Schule beeindruckt: Schon früh wird in seinen präzisen Tier- und Landschaftszeichnungen deutlich, dass der junge Gottlieb ein außergewöhnlich gutes, perspektivisches Vorstellungsvermögen hat – eine Gabe, die ihm in seinem späteren Beruf noch nutzen wird.

Weil aus dem Jungen „etwas Besseres“ werden soll, schickt Vater Daimler seinen Sohn für die letzten beiden Jahre auf die Lateinschule. Mit vierzehn Jahren macht der naturwissenschaftlich interessierte Gottlieb eine Ausbildung als Büchsenmacher, geht anschließend noch einmal zur Schule und studiert am renommierten Polytechnikum in Stuttgart Maschinenbau, bevor er ab 1860 für mehrere Jahre in Frankreich und England arbeitet, wo die Entwicklung der modernen Motortechnik bereits fortgeschrittener ist. In einer Art Job-Hopping gewinnt der begeisterte Gottlieb Einblick in verschiedene Bereiche der hochentwickelten Produktion und Fertigung.

So sehr der weltgewandte junge Mann seine Wanderjahre auch genießt – Daimler spricht fließend Englisch und Französisch –, so sehr wirft seine angeschlagene Gesundheit doch einen Schatten auf sein Leben. „Nur eines (...) wird mir wohl mein ganzes Leben hindurch im Weg sein“, schreibt er aus England melancholisch an einen Onkel, „ich kann nämlich nicht lesen und studieren, solange ich will, sondern sobald ich des Abends zu lange sitze oder mich nur ein wenig anstrengen will, so bekomme ich Schwindel.“[4] Bereits in jungen Jahren leidet Gottlieb Daimler unter Herzproblemen.

Zurück in seiner Heimat, arbeitet der mittlerweile 28-Jährige zunächst als technischer Zeichner bei der Firma

Straub in Geißlingen, der späteren WMF. 1863 geht Gottlieb Daimler als Werkstätteninspekteur zur Bruderhaus-Maschinenfabrik nach Reutlingen, wo er dem Mann begegnet, mit dem er Jahre später Automobilgeschichte schreiben wird: Wilhelm Maybach. Das Talent dieses hochbegabten 19-jährigen Waisenknaben, der, seit seinem zehnten Lebensjahr im Bruderhaus erzogen und ausgebildet, nun in der Maschinenfabrik arbeitet, fällt Daimler sogleich auf. Eine jahrzehntelange Partnerschaft beginnt.

Daimler und Maybach – ein Tüftlergespann, das sich schätzt und perfekt ergänzt: Daimler als Ideengeber, Maybach als Konstrukteur, der Daimlers Ideen technische Wirklichkeit werden lässt. Als Gottlieb, angehender Vater und inzwischen verheiratet mit der Apothekertochter Emma Kurz, 1869 als Vorstand zur Karlsruher Maschinenfabrik wechselt, nimmt er Maybach mit. Ein kurzes Intermezzo, denn drei Jahre später wird Daimler von Nikolaus Otto ins Rheinland geholt – Maybach wird ihm folgen. Dort werden Daimler und Otto die nächsten zehn Jahre forschen, entwickeln, fertigen – und streiten.

Cannstatt 1882. Die heftigen Auseinandersetzungen mit Nikolaus Otto haben an Daimler gezehrt. Schon lange ist er gesundheitlich angeschlagen, dazu noch herzkrank. Seiner Frau muss er versprechen, sich zu schonen. Doch Privatier zu sein und den nahegelegenen Kurpark zu genießen, liegt dem Visionär einfach nicht. Zu sehr beschäftigt ihn sein Traum vom kleinen, schnell laufenden Verbrennungsmotor, der Mini-Ausgabe des Otto-Motors, mit dem er in Zukunft Fahrzeuge antreiben will.

Daimler macht sich selbstständig. Auf seinem Grundstück rüstet er das alte Gewächshaus zu einer Werkstatt um, lässt dichtes Gebüsch darumpflanzen, das jeden Einblick verwehrt, und verhängt – das Oberlicht muss reichen – alle Fenster des Glashauses. Hier, ganz im Verborgenen, kann er, wieder gemeinsam mit Wilhelm Maybach, tüfteln, entwerfen, probieren, und niemand pfuscht ihm ins Handwerk. Tag und Nacht arbeitet das Gespann nun unter größter Geheimhaltung in seiner Glashauswerkstatt – eine Konkurrenzklausel im Abfindungsvertrag und patentrechtliche Hindernisse lassen es anders nicht zu.

Der Gärtner, durch die Geräusche irritiert, schöpft den Verdacht, die beiden könnten eine Falschmünzerei betreiben und holt in ihrer Abwesenheit die Polizei. Doch die findet nichts weiter als Werkzeug und ein Gehäuse, das einer Standuhr gleicht, nicht ahnend, dass es sich hierbei um die Vollendung des kleinen, leichten Verbrennungsmotors handelt, der die Welt verändern wird.

Zwei Jahre haben der Ingenieur und sein Konstrukteur daran getüftelt, ein harter und steiniger Weg, begleitet von unzähligen Versuchen und Rückschlägen, bis er 1884 endlich zu beider Zufriedenheit vollendet ist. Nun soll der neue Motor ein Fahrzeug bewegen!

Von jetzt an geht es Schlag auf Schlag. Am 10. November des darauffolgenden Jahres rattert Gottlieb Daimlers Sohn Paul zur Verblüffung vieler Zuschauer auf einem Zweirad durch Stuttgarts Straßen – von Cannstatt nach Untertürkheim und zurück. Angetrieben von einem halben PS starken Motor, der sich direkt unter dem Sattel befindet. Sie werden Zeugen der ersten Motorradfahrt der Welt. Die bahnbrechende Erfindung macht Furore und geht als „Daimler-Reitwagen“ in die Geschichte ein.

Doch der ehrgeizige Ingenieur will mehr. Er möchte, so sein Credo, alle Felder besetzen. Jetzt soll der Motor einen Kutschenwagen vorwärtsbringen. Aber nicht Daimler und Maybach sind die ersten, denn der zehn Jahre jüngere Carl Benz aus Mannheim kommt ihnen zuvor. Der Konstrukteur, der zur selben Zeit Motor und Wagen als Einheit baut, meldet bereits am 29. Januar 1886 seinen Benz-Motorwagen zum Patent an. Es ist die Geburtsstunde des Automobils. Jahre später werden sich die beiden Konkurrenten einen

Patentstreit liefern, sich persönlich aber dennoch nie begegnen.

Bald schon rollt auch der erste Daimler-Motorwagen durch Stuttgarts Straßen, der erste mit vier Rädern – der Benz'sche Patentmotorwagen hatte noch drei. Im Herbst 1886 tuckert Daimlers erstes Motorboot den Neckar entlang, und eine motorisierte Ausstellungsstraßenbahn, die auf dem Cannstatter Volksfest fährt, ist eine willkommene Werbeaktion für die vielen Einsatzmöglichkeiten von Daimlers Motor. Sogar in einen Ballon baut Daimler sein Triebwerk ein. Nur ein maximal 45 Kilogramm leichter Mechaniker kann dafür in die Gondel steigen. Humorvoll titelt die Zeitschrift „Über Land und Meer" von „modernen Heinzelmännchen", die das Gefährt fortbewegen. Es ist 1888, und Gottlieb Daimlers Traum von der Motorisierung zu Land, zu Wasser und in der Luft scheint Wirklichkeit zu werden.

Eine andere Wirklichkeit trifft Gottlieb Daimler hingegen hart – und dies auf dem Höhepunkt seiner Karriere. Kurz nachdem sein neuer Stahlradwagen auf der Pariser Weltausstellung 1889 Furore macht, stirbt Emma, Daimlers Frau. Er wird ihr am Sterbebett versprechen, kürzer zu treten, doch alles kommt anders. Denn Daimler gründet mit den Fabrikanten Max Duttenhofer und Wilhelm Lorenz die „Daimler-Motorengesellschaft", die entgegen seinen hoffnungsvollen Erwartungen zur größten Enttäuschung seines Lebens werden soll: Seine Teilhaber booten Daimler aus. Sie wollen ein Motorenmonopol aufbauen, jetzt Profit machen, nicht erst in zehn Jahren. Daimlers Visionen sind ihnen zu teuer und interessieren sie nicht. Daimlers Beharrlichkeit wird ihnen lästig, bei wichtigen Entscheidungen wird er überstimmt, Wilhelm Maybach nicht einmal gefragt.

Schweren Herzens und zutiefst frustriert verlassen Daimler und Maybach das Unternehmen. Daimler, der Visionär, will von seinen Forschungen zur Weiterentwicklung des Automobils nicht lassen und steckt sein ganzes Privatvermögen in ein eigenes Entwicklungszentrum, das er im Gartensaal des Cannstatter Hotels „Hermann" ansiedelt. Maybach bleibt sein Konstrukteur. Und so entsteht ihr Phönix-Motor, der bald schon weltweit Aufsehen erregt, besonders in England und Frankreich. Nicht nur dort boomt das Geschäft mit Daimlers Motorwagen, sondern auch auf der Weltausstellung 1893 in Chicago zeigt man sich begeistert.

Ohne das geniale Tüftlerduo Daimler-Maybach geht es mit der Motorengesellschaft immer weiter bergab. 1895 steht die Firma kurz vor dem Bankrott. Da macht der englische Industrielle Frederick Simms ein lukratives Angebot, das Rettung verspricht. Er will die „Phönix"-Rechte kaufen und bietet der Motorengesellschaft 350.000 Mark, möchte aber, dass Daimler und Maybach in die Firma zurückkehren und wieder die technische Leitung übernehmen. Die Aktionäre stimmen zähneknirschend zu.

In der Folgezeit geht es für Daimler und seine Firma zwar wieder aufwärts, denn immer neue Fahrzeuge entstehen: Motortaxis, die ersten Omnibusse, ein neuer Lastwagentyp, sogar in ein Luftschiff baut Daimler seinen Motor ein; aber es ist nur die Ruhe vor dem nächsten Sturm. Neue Streitigkeiten mit den Teilhabern lassen nicht lange auf sich warten, und dieses Mal leidet Gottlieb Daimlers Gesundheit enorm. Es geht ihm schlecht in diesen Tagen. Bei einer Ausfahrt mit seinem Phönix-Wagen erleidet er einen Herzinfarkt, von dem er sich nie mehr richtig erholen wird.

Um ihren Vater zu motivieren, organisieren Gottlieb Daimlers Söhne, Paul und Adolf, eine Parade mit allen Fahrzeugen, die er jemals geschaffen hat. Wie ein Siegeszug der Motorisierung sieht Daimler von der Veranda aus sein Lebenswerk an sich vorbeifahren. Ein letztes Mal.

Dass der Stern, den er einst in seine Postkarte gezeichnet hat, bald schon die Motorhauben seiner Automobile krönen wird, hat er nicht mehr miterlebt. Gottlieb Daimler stirbt kurz vor seinem 66. Geburtstag im März 1900 in Stuttgart.

Graf Ferdinand von Zeppelin startet 1900 mit seiner „LZ1“ in den Himmel.

FERDINAND GRAF VON ZEPPELIN

(1838–1917)

POPULÄRER LUFTSCHIFFPIONIER

„Man muss nur wollen und daran glauben, dann wird es gelingen!“[1]

In der Bucht von Manzell bei Friedrichshafen herrscht geschäftiges Treiben. Die Spannung ist groß. Zehntausende Schaulustige, zum Teil aus ganz Deutschland angereist, haben sich in freudiger Erwartung versammelt, um Augenzeugen eines der Weltwunder ihrer Zeit zu sein. Aus der schwimmenden, hölzernen Halle, die sich wie eine Kathedrale aus dem Bodensee erhebt, ragt – ihre Tore weit offen – die Nasenspitze des gewaltigen, dickbauchigen, bisher größten, von Aluminium ummantelten und mittlerweile vierten Luftschiffs des Grafen von Zeppelin hervor. Heute, in den frühen Morgenstunden des 4. August 1908, wird sich der 136 Meter lange und dreizehn Meter breite Zeppelin in die Lüfte erheben.

Es steht viel auf dem Spiel für den deutschen Luftfahrtpionier. Die Reichsregierung hat ihm 2,6 Millionen Reichsmark für die weitere Entwicklung der Zeppeline versprochen, wenn ihm eine 24-Stunden-Fahrt gelingt und er es aus eigener Kraft schafft, zum Ausgangsort zurückzukehren.

Bereits Anfang Juli hat der unermüdliche Graf sein neuestes, mit leistungsstarken Motoren und hochmodernen Instrumenten ausgestattetes Luftschiff „LZ4" in einer zwölfstündigen Fahrt fast vierhundert Kilometer über die Schweiz gesteuert. Und die Geldgeber von der Tauglichkeit seiner Konstruktion überzeugt. Er ist sich sicher, dass auch das heutige Unternehmen gelingen und der Luftschifffahrt endlich zum Durchbruch verhelfen wird.

Unter den staunenden Augen der euphorischen Menschenmenge gleitet das zigarrenartige Fluggefährt auf einem schwimmenden Boden und an Seilen schwebend wie eine Schublade aus der Halle. Aus der Führergondel dringen letzte Zurufe an die Haltemannschaft, die, rhythmisch an den Tauen ziehend, das Gefährt nun Meter um Meter in die Höhe gehen lässt.

Dann, um 6.22 Uhr, ertönt das endgültige „Halteleinen los!" zum Aufstieg, und der Gigant schwebt unter dem Rattern seiner Motoren majestätisch in die Lüfte. Mit an Bord: der 70-jährige Ferdinand Graf von Zeppelin höchstpersönlich. Die Route: von Friedrichshafen über Konstanz, Basel, Straßburg und Karlsruhe Richtung Mainz und wieder zurück. „Hoch lebe der Luftgraf Zeppelin!" oder „So empfängt Deutschland seine Helden"[2], werden die Zeitungen titeln.

Doch das so hoffnungsvoll begonnene Unternehmen, überall in den Städten begleitet von Sirenen und Glockengeläut, vom enthusiastischen Jubel der winkenden Menschentrauben auf Dächern und Kirchtürmen, in Straßen und Häusern, wird scheitern – mehr noch: Es wird in einer Katastrophe enden, die den Grafen finanziell endgültig ruiniert. Was war geschehen?

Das Unglück beginnt in der Nacht vom 4. auf den 5. August. Plötzliche Anspannung in der Führergondel. Es ist 1.27 Uhr. Über Mannheim ist ein Kurbelwellenlager geschmolzen, einer der beiden Motoren fällt aus. Hektisches Umdisponieren. Der Graf will auf kürzestem Wege Stuttgart ansteuern, den Motor in den Daimler-Werken in Untertürkheim reparieren lassen. Jetzt Gas ablassen und notlanden, am besten bei Tübingen. Aber bis dahin schaffen sie es nicht mehr.

Es ist 7.51 Uhr, als die Gondel in Echterdingen festen Boden touchiert, und dann, zur Erleichterung der Mannschaft, sanft auf der Filderwiese landet. Hunderte von Menschen strömen herbei und bilden innerhalb kürzester Zeit eine Traube um die Gondel. Alle wollen den Grafen und sein Luftschiff bestaunen. Dreißig Soldaten der Stuttgarter Division helfen, den Zeppelin mit Seilen am Boden zu verankern, so gut es geht. Doch plötzlich schwenkt das Wetter um, Böen torpedieren das Luftschiff und reißen es wieder aus der Verankerung, bis es sich in einer Baumkrone verfängt – und nach mehreren heftigen Detonationen zum Schrecken aller in weniger als fünf Minuten vollkommen in Flammen aufgeht!

Der Graf, der sich nach der Notlandung zum Ausruhen ins benachbarte „Hotel Hirschen" zurückgezogen und den man inzwischen in Windeseile zum Unglücksort transportiert hat, steht stumm und versteinert vor dem ausgebrannten Gerippe seiner „LZ 4" – und vor den Trümmern seines Lebens. Augenzeugen berichten gar, der Graf habe geweint.

Das Unglück wird als „Katastrophe von Echterdingen" in die Geschichte eingehen.

Doch es hat in der Folge auch ein Gutes: Durch das Land geht eine Sympathiebekundung, wie sie das Kaiserreich noch nicht erlebt hat. Noch am Unglücksort beginnen Luftschiffbegeisterte, Spenden zu sammeln und den Grafen aufzufordern weiterzumachen. Briefe über Briefe werden ihn erreichen, Kinder werden ihre Sparschweine schlachten, Zimmermädchen sich etwas vom Gehalt absparen, die Boulevardpresse wird mitleidsvoll über von Zeppelins Unglück berichten. Großspenden aus der Industrie werden fließen und dem gebeutelten Konstanzer Visionär zu sechs Millionen Reichsmark Startkapital für den Bau eines neuen Luftschiffs verhelfen; Startkapital auch zur Gründung der Deutschen Luftschifffahrt AG im Jahre 1909, der ersten Fluggesellschaft der Welt, die bald schon Passagierrundflüge von Baden-Baden, Frankfurt, Leipzig oder Dresden aus anbietet.

Graf Ferdinand Adolf Heinrich August von Zeppelin ist bereits zu Lebzeiten eine Legende. Auch Kaiser Wilhelm II., der ihn einst als „Dümmsten aller Süddeutschen" gescholten und seine Luftschiffpläne für aberwitzig erklärt hat, macht ihn mit der Verleihung des höchsten preußischen Ordens zum „größten Deutschen des Jahrhunderts"[3].

Erbaut hat der Graf viele Luftschiffe, erfunden allerdings hat er sie nicht. Die ersten Lenkballone gibt es bereits im Frankreich des späten 18. Jahrhunderts. Auch sind Graf Zeppelins Ideen angelehnt an Konstruktionsdetails des Autodidakten David Schwarz, einem Holzhändler aus Dalmatien, der sich schon in den 1880er-Jahren mit Aluminiumluftschiffen befasst.

Doch die Kunst der Vermarktung seiner Ideen beherrscht der technikbegeisterte Graf wie kein anderer. Unermüdlich geht er auf Promotion-Tour, hält Vorträge, verfasst Denkschriften, in denen er die Notwendigkeit der Lenkballone erläutert, oder schreibt Genehmigungs- und Unterstützungsgesuche. Auch engagiert er hochkarätige Ingenieure wie Gottlieb Daimler, um mit ihnen an der Seite Industrielle und die Berliner Militärbehörden für Investitionen zu begeistern.

Geboren wird der Graf am 8. Juli 1838 auf der Dominikanerkloster-Insel in Konstanz, auf Gut Girsberg im Thurgau wächst er auf. Nach einer militärischen Ausbildung zum Oberleutnant, einem kurzen Studium der mechanischen Technologie in Stuttgart und einer Reihe militärischer Bildungsreisen quer durch Europa nimmt von Zeppelin im Alter von vierundzwanzig Jahren als Beobachter am Amerikanischen Bürgerkrieg teil. Er erhält nicht nur eine Audienz bei Präsident Abraham Lincoln, sondern erlebt auch zum ersten Mal die militärische Nutzung von Ballonen.

Der Blick von oben, so begeistert sich der Visionär über dies für ihn einschneidende Erlebnis, biete nicht nur einen grandiosen Überblick über die Lage an der Front, sondern auch die Möglichkeit, mit zielsicheren Geschützen den Feind zu schwächen. „Während ich über St. Paul schwebte, kam mir zum ersten Mal die Idee von meinem Zeppelin“[4], wird der Graf später darüber schreiben.

Noch unausgegoren bastelt von Zeppelin gedanklich an einem großen Schiff mit getrennten Gaszellen und einer Maschine, die es nach oben treiben soll. Erst ein Vierteljahrhundert später wird er ganz ins Luftfahrtgeschäft einsteigen. Dazwischen liegen der deutsch-französische Krieg, Versetzungen und Beförderungen bis hin zum württembergischen Gesandten in Berlin im Jahre 1885. In den nächsten Jahren widmet sich der Graf nebenbei wieder verstärkt seinen Plänen, Lenkballone zu bauen.

Es ist die Zeit, in der Carl Benz und Gottlieb Daimler mit ihren motorisierten Wagen Furore machen und die Zeitungsmeldungen sich überschlagen, als im Sommer des Jahres 1888 das erste, mit einem Verbrennungsmotor betriebene Luftschiff von Cannstatt aus in den Himmel aufsteigt und bei Aldingen am Neckar erfolgreich landet. Ferdinand Graf von

Zeppelin ist euphorisiert, sieht seine Visionen Realität werden und will beim Kriegsministerium nun einmal mehr forcieren, seine Pläne der militärischen Nutzung von Luftschiffen zu unterstützen.

Doch eine kritische Denkschrift über die preußische Armee im Jahre 1890, in der er das preußische Oberkommando über württembergische Truppenteile kritisiert, bedeutet das Karriere-Aus für den Offizier und ehemaligen württembergischen Gesandten von Zeppelin – ein weiteres Schlüsselerlebnis für den Grafen. Mit zweiundfünfzig Jahren wird er frühzeitig und unfreiwillig in den Ruhestand versetzt. Doch in der Demütigung sieht von Zeppelin, der als unbequem und beharrlich gilt, auch eine Chance. Das jähe Ende seiner ersten Karriere wird der Anfang einer zweiten, noch viel größeren.

Mit Feuereifer nimmt er jetzt erst recht sein Ziel ins Visier, große Luftschiffe zu bauen. Als „närrischer Graf vom Bodensee“ belächelt, wird er in den nächsten zehn Jahren unermüdlich und gegen alle Widerstände zu beweisen versuchen, dass seine Vision Wirklichkeit werden kann. „Meine Luftschiffe werden bald zu den betriebssichersten Fahrzeugen zählen“, kontert von Zeppelin seinen schärfsten Kritikern in einer Radio-Ansprache. Und seinem Tagebuch vertraut er so trotzig wie selbstbewusst an: „Wenn überhaupt Luftschiffe möglich sind, so ist es meines!“[5]

Doch bis er die Kritiker endlich überzeugen kann, in seine Luftschiffe zu investieren, erlebt Graf Zeppelin eine Serie von Rückschlägen. Als er am 2. Juli 1900 mit seinem ersten, mit zwei Daimler-Motoren ausgestatteten Luftschiff „LZ1“ über Friedrichshafen schwebt, dauert die Fahrt – eine Kurbel ist gebrochen – nur achtzehn Minuten. „LZ 2“, immerhin achtzig Minuten in der Luft, muss von Zeppelin danach nicht zuletzt auch wegen eines hämischen, niederschmetternden Zeitungsartikels, der jede Hoffnung auf weitere finanzielle Mittel im Keim erstickt, wieder demontieren lassen. Und mit „LZ 3" entgehen der Graf und seine Mannschaft 1906 während einer immerhin schon vierstündigen Fahrt aufgrund eines Motorschadens nur knapp einer Katastrophe. Erst die „LZ4" bringt – trotz des Desasters von Echterdingen – 1908 den großen Durchbruch zur Entwicklung eines zivilen Luftschiffverkehrs.

Bis 1914 baut des Grafen „Deutsche Luftschifffahrts AG" fünfundzwanzig weitere Zeppeline und befördert fast 35.000 Passagiere auf mehr als 1.500 Fahrten, die sich bis dahin freilich nur Wohlhabende leisten können: Ein Ticket kostet stolze 100 Reichsmark, ein durchschnittlicher Monatslohn!

Als der Erste Weltkrieg ausbricht, wächst die Zeppelin-Werft in Friedrichshafen in wenigen Jahren zu einem Rüstungskonzern mit 17.000 Mitarbeitern heran. Gebaut werden neben Militärflugzeugen auch über hundert Zeppeline für das kaiserliche Heer und die Marine – zur Genugtuung des glühenden Militaristen Ferdinand Graf von Zeppelin, der bereits im Oktober 1914 einen uneingeschränkten Luftkrieg gegen England fordert und dessen Luftschiffe bereits ab 1915 Bomben über feindliche Hafenanlagen, Marinestützpunkte und Industriezentren abwerfen. Doch der Kriegseinsatz der einst so harmlosen Zeppeline entpuppt sich mit der Zeit als unnützes Unterfangen. Bald bestürmen wendige Jagdflugzeuge die schwerfälligen, leicht entzündbaren Riesen, zwingen sie in eiskalte Höhen oder schießen sie manövrierunfähig.

Das Ende des Ersten Weltkrieges wird Ferdinand Graf von Zeppelin nicht mehr erleben. Er stirbt am 8. März 1917 mit achtundsiebzig Jahren auf dem Höhepunkt seiner Karriere. Zu seiner Beisetzung auf dem Stuttgarter Pragfriedhof vier Tage später werden zwei Luftschiffe am Himmel schweben und über 20.000 Menschen am offenen Sarg von ihrem beliebten Luftfahrtpionier Abschied nehmen.

Mit seinem „Patent Motorwagen Nr. 1" schreibt Carl Benz 1886 Automobilgeschichte.

CARL BENZ

(1844–1929)

ERFINDER MIT STARTSCHWIERIGKEITEN

„Die Ingenieure sind die Bahnbrecher einer besseren Zukunft."[1]

Am Silvesterabend des Jahres 1879 sitzen Carl Benz und seine Ehefrau Bertha noch beim Abendessen, als Bertha plötzlich aufspringt. Sie ist unruhig. Etwas lässt ihr keine Ruhe, die ganze Zeit schon. Unentwegt kreisen ihre Gedanken um die neueste Motorenkonstruktion ihres Gatten, einen Zweitaktmotor, der noch immer nicht so richtig funktionieren will. Ihr letztes Geld haben die beiden in diese vielversprechende Konstruktion gesteckt, die nun – nach jahrelangem Tüfteln und Probieren, nach Rückschlägen und neuen Versuchen – der große Durchbruch sein könnte. Technisch und auch finanziell, denn Existenzsorgen plagen Carl und Bertha Benz schon lange.

„Wir müssen noch einmal hinüber in die Werkstätte und unser Glück versuchen“[2], drängt die hartnäckige Ehefrau ihren Carl, weil sie dem Problem unbedingt noch in dieser Nacht auf den Grund gehen will. Und so begeben sich die beiden spät abends erneut in ihre kleine Werkstatt, um weiter zu tüfteln und des Rätsels Lösung, warum der Motor nicht laufen will, doch noch zu finden.

Und dann scheint der Moment gekommen: „Mit starken Schlägen pocht das Herz“, wird der 80-jährige Carl Benz diesen spannenden Augenblick später in seinen Erinnerungen beschreiben, „Ich drehe an. Tät, tät, tät, antwortet die Maschine. In schönem regelmäßigem Rhythmus (…) Auf einmal (…) Silvesterglocken! Uns war's, als läuteten sie nicht nur ein neues Jahr, sondern auch eine neue Zeit ein.“[3]

Über eine Stunde stehen Carl und Bertha Benz hingerissen vor ihrem Motor und lauschen dem Geräusch. Vielleicht sind sie sich in jener Silvesternacht in ihrer kleinen, ärmlichen Werkstatt im Mannheimer Quadrat T6 vor Glück um den Hals gefallen. Auf jeden Fall hat der badische Tüftler die Tragweite seiner neuen Konstruktion richtig eingeschätzt: Bald schon wird Carl Benz die Menschheit mit Hilfe dieser Erfindung in ein neues Zeitalter katapultieren, denn was sich in der Silvesternacht des Jahres 1879 in der kleinen Werkstatt abspielt, ist tatsächlich die Geburtsstunde des späteren Automobils.

Seinen Traum vom pferdelosen Wagen wird der Visionär, im Alter von allen liebevoll „Papa Benz“ genannt, im Laufe seines Lebens noch mit weiteren genialen Erfindungen verwirklichen: dem leichten Viertaktmotor, der Achsschenkellenkung, der Gangschaltung, dem Vergaser und dem Wasserkühler. Auch viele Rückschläge, Geldnöte, der Spott seiner Zweifler und Zerwürfnisse mit Geschäftspartnern werden den Erfinder nicht aufhalten, sich seinem Lebenstraum zu widmen.

Die Freude an der Technik begleitet Carl Benz seit seiner Kindheit. Alles, was dampft, zischt und rattert, fasziniert den Jungen, der am 25. November 1844 in Mühlburg (Karlsruhe) geboren wird. Vor einigen Jahren erst sind seine Eltern von Pfaffenrot hierhergezogen, wo Carls Vater als Lokomotivführer arbeitet. Als der Vater zwei Jahre später an den Folgen einer Lungenentzündung stirbt, wächst der Junge alleine mit seiner Mutter auf. Obwohl das Geld knapp ist, schickt Josephine Benz ihren Sohn aufs angesehene Karlsruher Lyzeum, denn sie hat Pläne: Ihr Carl soll Beamter werden.

Früh jedoch zeichnet sich ab, dass daraus nichts wird. Carls Lieblingsfächer sind Physik und Chemie. Freiwillig meldet sich der naturwissenschaftlich begeisterte Schüler als Assistent des Physiklehrers, um jeden Mittwochnachmittag die Experimente für den Unterricht am Samstagmorgen vorzubereiten. Auch die Camera Obscura hat es ihm angetan. Er fotografiert gerne, entwickelt die Bilder selbst, auch für andere, und verdient damit sein erstes eigenes Geld. So wie mit dem Reparieren von Schwarzwalduhren: Stundenlang sitzt Carl dafür oben, in dem kleinen Dachzimmer, das seine Mutter eigens für ihn als Werkstatt hergerichtet hat, fasziniert von der Beobachtung, mit welch „wundervoller Sprache die ineinandergreifenden Zahnräder miteinander reden"[4].

So beginnt Carl, wie sollte es anders sein, am 30. September 1860 ein Ingenieursstudium an der Technischen Hochschule in Karlsruhe. Nach Abschluss seines Studiums folgen Lehr- und Wanderjahre bei mehreren Maschinenbauern, bis sich Carl schließlich im industriell aufstrebenden Mannheim selbstständig macht. Mittlerweile siebenundzwanzig Jahre alt, kauft er gemeinsam mit seinem Partner Karl Ritter im besagten Mannheimer Quadrat T6 Numero 11 das Grundstück mit dem kleinen Holzschuppen, das den beiden fortan als Werkstatt dient. Hier stellen sie hauptsächlich Baubedarfsartikel her, allerdings nicht lange.

1873 kippt die Konjunktur, viele Firmen brechen zusammen, auch die kleine Firma Benz. Einige Jahre später muss Carl, der sich inzwischen Hals über Kopf in Bertha Ringer, die Tochter des angesehenen Mannheimer Bauherrn Carl Friedrich Ringer, verliebt und sie ein Jahr zuvor geheiratet hat, sein ganzes Inventar versteigern, um mit seiner frisch angetrauten Gattin über die Runden zu kommen. Längst schon hat er sich im Streit von seinem Teilhaber Ritter getrennt. Die Lage ist ernst. Carl und auch Bertha Benz sind sich sicher, dass jetzt nur noch eine außerordentliche Leistung auf dem Gebiet der Technik ihre Existenz retten kann.

Dies ist die Stunde der Herausforderung für den Ingenieur und Tüftler Carl Benz, der sich nun, seiner Berufung folgend, als Erster im Deutschen Reich an die Entwicklung eines Zweitaktmotors macht. Finanzielle Unterstützung findet er in dem technikbegeisterten Hoffotografen Emil Bühler, der über Jahre wöchentlich Geld zuschießen wird, bis es zu jenem beglückenden Erfolg in der Silvesternacht des Jahres 1879 kommt. Jenem Erfolg, der Carl Benz bald eine solide finanzielle Basis verschaffen wird – die Basis auch für seinen anderen, lang gehegten Traum: die Entwicklung eines Viertakt-Benzinmotors, organisch eingegliedert in ein ganzheitlich konzipiertes Fahrzeug, das so bequem sein soll wie eine elegante Droschke.

Mit seiner 1883 neu gegründeten Aktiengesellschaft, der „Rheinischen Gasmotorenfabrik Benz & Cie“, macht sich Carl Benz ans Werk. Vom Reißbrett über die Konstruktion bis hin zum funktionierenden Wagen ist es allerdings noch ein weiter und schwerer Weg. Viele ungelöste Fragen sammeln sich an, was Zündung, Vergaser, Kühler, Kraftübertragung, Lenkung in Kurven und das Gewicht des Motors angehen – Probleme, Rückschläge und spöttelnde Bemerkungen der Kritiker inbegriffen, die Carls Vision als Spielerei der Zukunft abtun.

Doch Carl Benz gibt nicht auf, und so titelt der Generalanzeiger der Stadt Mannheim in seiner Sonntagsausgabe vom 15. September 1886, „dass dieses Fuhrwerk (...) Zukunft haben wird, weil dasselbe ohne viel Umstände in Gebrauch gesetzt werden kann und (...) das billigste Beförderungsmittel (...) werden wird.“[5]

So sehr die Mannheimer das dreirädrige Gefährt mit Viertaktmotor auch bestaunen, so sehr geben die Testfahrten des stolzen Ingenieurs Anlass zur Erheiterung: Es werde allerlei gekichert, weiß ein Zeitzeuge zu berichten, denn wenn der Motor in Gang kommt, fängt der ganze Wagen an zu hopsen und sich zu schütteln wie ein Hund, wenn der aus dem Wasser kommt. Es knattert und stinkt, und oft scheint das Fahrzeug so unkontrollierbar, dass sich viele Zuschauer, die in den Straßen Mannheims Spalier stehen, in Sicherheit bringen, wenn Carl Benz mit seinem Vehikel um die Kurve rollt.

Als bei einer längeren Testfahrt der Motor Feuer fängt, erstickt Carl den Brand kurzerhand mit einer Löschdecke. Doch die Aufregung bleibt nicht folgenlos. Bald stehen zwei Beamte vor seiner Tür und fordern 100 Reichsmark Strafe von ihm. Denn Benz habe während der Testfahrt sechs Hühner, drei Enten und zwei Gänse überfahren, vier Fuhrwerke seien umgekippt und zwölf Gäule durchgegangen. Es wird nicht die letzte polizeiliche Verwarnung bleiben, denn auch seine Testfahrer, so Carl Benz in seinen Erinnerungen, machen sich bald ein besonderes Vergnügen daraus, im schneidigen Tempo an Polizisten vorbeizusausen.

Der Benz'sche Motorwagen, gekrönt durch das am 2. November 1886 erteilte kaiserliche Patent Nr. 37435, ist nun in aller Munde. Doch für die Weiterentwicklung des Motors muss auch weiter getestet werden. Noch bleiben die erhofften Kunden zum großen Bedauern des Technikers aus. Ohne die Beherztheit seiner Ehefrau Bertha wäre die Erfindung ihres Mannes wohl nie so weit vorangekommen.

Es ist ein Augusttag des Jahres 1888, fünf Uhr morgens. Carl Benz schläft noch, als seine beiden jugendlichen Söhne Eugen und Richard ohne sein Wissen in Begleitung ihrer Mutter in den Wagen steigen und eine Testfahrt starten, die als erste Fernfahrt der Welt in die Geschichte eingehen wird. Die Strecke: von Mannheim über Weinheim, Wiesloch, Wilferdingen und Bretten nach Pforzheim.

Ein Abenteuer mit vielen Hindernissen. Alle zwanzig Kilometer brauchen Bertha und ihre Söhne für den Wagen neues Kühlwasser, das sie sich aus Dorfbrunnen oder in Wirtschaften besorgen. Ein Apotheker hilft mit Treibstoff aus, ein Schmied richtet die Antriebskette, ein Schuster versieht die Bremse mit Lederbelägen. Mit ihrer Haarnadel muss Bertha mehrmals die verstopfte Benzinleitung säubern, und immer wieder heißt es: Anschieben bei Steigung, Wiederaufsitzen und Durchhalten.

Es ist bereits dunkel, als Bertha und ihre Söhne nach knapp dreizehnstündiger Fahrt erschöpft, doch überglücklich in Pforzheim ankommen und Carl Benz ihren Erfolg telegrafieren. Es ist die beste PR-Aktion, die Carl sich wünschen kann. Denn allen Zweiflern zum Trotz beweist Bertha, die unerschütterlich an die Vision ihres Mannes glaubt, dass der Patentmotorwagen, mittlerweile Nr. 3, alltagstauglich ist.

Nun findet Carl Benz Kunden, und überall ist sein Automobil Stadtgespräch Nummer Eins. Anerkennende Zeitungsberichte weit über die deutschen Landesgrenzen hinaus, eine erfolgreiche Reklamekampagne und die Ausstellung seines Wagens auf der Weltausstellung in Paris tragen dazu bei, dass das Benz Werk Mannheim im Jahre 1900 zur größten Autofabrik der Welt avanciert.

Auch setzt der Ingenieur – gegen die Bedenken seiner Teilhaber – mit seinem „Benz Velo" einen nächsten Meilenstein auf dem Weg zum heutigen Automobil. Sein zierlicher Vierradwagen für zwei Passagiere, der seinen Namen in Anlehnung an das von Carl geliebte Velociped erhält, ist das erste Motorfahrzeug, das in Serie gebaut wird – zwischen 1894 und 1901 sind es etwa 1.200 Stück, mit aufsteigender Tendenz. Und bald schon liefert der deutsche Autopionier in die ganze Welt: nach Brüssel, Mailand, London, Petersburg, Moskau, Buenos Aires, Singapur, Mexiko und Kapstadt.

In absehbarer Zeit wird sich Carl Benz aus dem laufenden Geschäft zurückziehen, wieder einmal, wie so oft in der Vergangenheit, wegen Streitigkeiten mit seinen Teilhabern. 1904 wird er in den Aufsichtsrat seiner Firma zurückkehren, zwei Jahre später gemeinsam mit seinen Söhnen in Ladenburg die Firma „C. Benz Söhne" gründen, 1914 die Ehrendoktorwürde der Technischen Universität Karlsruhe erhalten, 1926 die Fusion der Benz-Werke mit der Daimler-Motorengesellschaft und eine besondere Würdigung zu Ehren seines 80. Geburtstags erleben.

In seinen Erinnerungen wehrt sich Carl Benz entschieden gegen den Vorwurf, dass sein zehn Jahre älterer Konkurrent Gottlieb Daimler, mit dem er Jahre zuvor im Patentstreit lag, der eigentliche Erfinder des Automobils sei. Daimler habe, so Benz, gemeinsam mit Wilhelm Maybach der Menschheit das erste Motorrad geschenkt. Auch seien ihm entscheidende Fortschritte in der Entwicklung des Automobils zu verdanken. Doch er, Benz, nehme mit Stolz für sich in Anspruch, „dass ich den ersten betriebsfähigen Motorwagen mit elektrischer Zündung, mit Wasserkühlung und Ausgleichsgetriebe zur Beförderung von mehreren Personen baute und ihn zuerst öffentlich vorführte"[6].

Der Automobilpionier und fünffache Vater Carl Benz stirbt am 4. April 1929 im Alter von vierundachtzig Jahren in Ladenburg an den Folgen eines Bronchialkatarrhs.

Die Weiterentwicklung eines Magnetzünders verhilft Robert Bosch zu Weltruhm.

ROBERT BOSCH

(1861–1942)

SOZIALER UNTERNEHMER MIT WEITBLICK

„Sei Mensch und ehre Menschenwürde!“[1]

Der 11. November 1886 ist ein schöner, sonniger Spätherbsttag, und der 25-jährige Robert Bosch ist schon seit den frühen Morgenstunden auf den Beinen. Gemeinsam mit einem Mechaniker-Gesellen und einem jungen Hilfsarbeiter richtet er seine mit 10.000 Mark Startkapital erworbene neue Werkstatt für Feinmechanik und Elektrotechnik ein. Nach Jahren der beruflichen Wanderschaft, in denen er angestellt war, hat sich Bosch nun in einem Hinterhaus der Stuttgarter Rotebühlstraße 75B niedergelassen, um sich selbstständig zu machen und endlich sein eigener Herr zu sein.

Die Liebe hat ihn nach Stuttgart geführt. Anna Kayser, seine Verlobte und Tochter eines Kaufmanns, mit der er seit Langem eine Fernbeziehung führt, kommt aus der Gegend. In Stuttgart will der zielstrebige Elektrotechniker nun mit Anna gemeinsam in die Zukunft starten. Er will sich auf dem Gebiet von Feinmechanik und Elektrotechnik einen Namen machen und ist damit durchaus nicht der Einzige. Während Robert gerade Pult, Tisch und Stuhl in seinem neuen Hinterhof-Büro positioniert und seine Helfer Amboss, Schleifstein, Schmiede und eine Werkbank in den beiden Nebenräumen einrichten, dringt das geschäftige Hämmern und Klopfen zahlreicher anderer Handwerksbetriebe aus den Hinterhöfen des Viertels zu ihnen hinüber.

Zwar will Robert Bosch mit elektrotechnischen Apparaten sein Geld verdienen und mit elektromedizinischen Geräten handeln. Doch ist ihm auch bewusst, dass er zunächst nicht wählerisch sein kann, was Aufträge betrifft. Noch gilt Elektrizität als Luxusware, die sich nur die wenigsten leisten können. So will Bosch erst einmal annehmen, was kommt, alles einbauen und reparieren, was in Haushalten so anfällt. Doch lässt es sich der eigenwillige Jungunternehmer nicht nehmen, an diesem Spätherbsttag schon einmal mit einer elektrischen Uhr auf sich aufmerksam zu machen, die er am Vorderhaus der Rotebühlstraße 75 anbringt.

Zu diesem Zeitpunkt ahnt weder der junge, aufstrebende Robert noch seine Helfer, dass ihr Start-Up Unternehmen die Keimzelle des größten Automobilzulieferers der Welt werden und ihr Gründer Robert Bosch als Großindustrieller, Reformer, Philanthrop, Politiker und Anhänger des Widerstands gegen Hitler Weltgeschichte schreiben wird.

Noch sind die ersten Monate zäh. Noch fertigt und repariert Robert Bosch alles, was ihm in die Finger kommt: Nudelpressen, Petroleumlampen, Fotoapparate, Telefone,

Schreibmaschinen, Geschwindigkeitsmesser, Gravierzirkel, elektrische Türkontakte, elektrische Klavier-Stenografe. Bis zu einem Sommernachmittag des Jahres 1887, an dem ein Maschinenbauer die Werkstatt betritt und Robert Bosch den Auftrag erteilt, einen Magnetzünder nachzubauen.

Bosch wird den Magnetzünder nicht nur nachbauen, sondern entscheidend verbessern und mit seinem „Bosch-Magneto" Weltgeschichte schreiben – bis heute. Auch auf anderen Gebieten wird sich der stets gemeinnützig engagierte Visionär, in jeder Hinsicht eine außergewöhnliche Erscheinung, einen Namen machen.

Geboren wird Robert Bosch am 23. September 1861 als elftes von zwölf Kindern des wohlhabenden Kronenwirts, Bauern und Bierbrauers Servatius Bosch und seiner Frau Maria Margaretha in Albeck bei Ulm. Der kleine Robert wächst in einem gebildeten, liberalen Elternhaus auf. Vater Servatius ist Freimaurer und überzeugter Demokrat. Diese politische Haltung sowie eine große Arbeitsdisziplin, die Liebe zur Landwirtschaft und ein ausgeprägter Gerechtigkeitssinn werden dem jungen Robert und seinen Geschwistern von den Eltern schon früh vorgelebt. Robert ist acht Jahre alt, als die Familie nach Ulm zieht – Vater Servatius will sich hier zur Ruhe setzen.

Robert, der zur Realschule geht, ist zwar wissbegierig und vielfältig interessiert, doch: „Mein Sinn stand (...) mehr nach Zoologie und Botanik", wird er später sagen, „durch die Schule (...) habe ich mich so schlecht und recht durchgefunden (...) Es fehlte mir an Sitzfleisch und Ehrgeiz"[2]. Außerdem macht der Heranwachsende kaum gute Erfahrungen mit seinen Lehrern, auch später nicht während seiner Ausbildung als Feinmechaniker. Pedantisch, verknöchert, zu lasch oder ohne Autorität – so beschreibt er die Charaktere seiner Ausbilder. Eine prägende Erfahrung, die ihn in seinem späteren Leben als Unternehmer veranlasst, sich intensiv um die Aus- und Weiterbildung seiner Mitarbeiter zu kümmern.

Nach seiner Lehrzeit begibt sich der 18-jährige Jungmechaniker auf Wanderschaft. Über Pforzheim und Karlsruhe geht es für ihn nach Köln, er arbeitet kurze Zeit als Messingschlosser für seinen Bruder Carl, dann für den renommierten Elektrotechnikbetrieb „C & E. Fein" in Stuttgart, kehrt noch einmal nach Köln zu seinem Bruder Carl zurück, bevor er 1881 seinen Militärdienst in der Ulmer Garnison absolviert.

Nun zieht es den jungen Mann ans Polytechnikum nach Stuttgart, wo er nicht nur Elektrotechnik studiert, sondern auch begeistert Kurse des Mediziners und Lebensreformers Gustav Jäger besucht. „Zurück zur Natur" – in jeder Beziehung –, so lautet das Credo der alternativen Bewegung. Enthusiastisch identifiziert sich Robert mit deren Lehren, schwört, wie schon sein Vater, auf Homöopathie und trägt ab jetzt nur noch wollene Reformkleidung und einen Bart, der im Laufe seines Lebens immer länger wird.

Am 5. Juni 1884 steht der junge Universitätsabsolvent Robert Bosch an Deck der „Pieter Caland", mit einem Empfehlungsschreiben für Thomas Alva Edison in der Tasche und der Hoffnung, im fortschrittlichen, demokratischen Amerika beruflich durchzustarten. Während das Schiff Kurs nimmt auf den Hafen von New York, schreibt der junge Mann in sein Tagebuch: „Ich will jetzt alles einsetzen, um vorwärts zu kommen, und es müsste sonderbar sein, wenn ich nicht durchhaue in einem Lande, wo schon mancher etwas geworden ist, der noch nicht einmal guten Willen dazu hatte."[3]

Es gefällt ihm aber nicht im Musterland der Demokratie. Schon gar nicht in Edison's Forschungslabor. Der vierzehn Jahre ältere, gefeierte Star-Erfinder entpuppt sich als autoritärer Chef, der wenig zimperlich mit seinen Mitarbeitern umgeht. Auch lernt Robert Bosch die amerikanische Unternehmensmentalität des „Hire and Fire" kennen, steht während einer Wirtschaftskrise als einer der Ersten auf der Straße und kehrt nach einem Jahr, in dem er eher schlecht als recht lebt, ernüchtert in seine schwäbische Heimat zurück.

1887. Inzwischen hat sich viel getan in der kleinen Hinterhofwerkstatt in der Stuttgarter Rotebühlstraße. Seitdem Robert Bosch auftragsgemäß einen Magnetzünder nachgebaut und entscheidend verbessert hat, ist nichts mehr wie zuvor. Sein „Magneto", ein Vorläufer der Zündkerze, entpuppt sich als geniale Erfindung und Katalysator für die Weiterentwicklung von Motorfahrzeugen aller Art, verhilft ihm zum ganz großen Durchbruch und macht den Jungunternehmer zum Shooting Star der Automobilindustrie.

Inzwischen ist auch Gottlieb Daimlers Motorengesellschaft auf den jungen Erfinder aufmerksam geworden, wittert das große Geschäft, bittet ihn zu Gesprächen, will Boschs Firma aufkaufen. Doch Robert Bosch wehrt sich – er will selbstständig bleiben. Mit dem Erfolg wächst auch die kleine Werkstatt des inzwischen dreifachen Vaters zu einem stattlichen Unternehmen heran: 1891 beschäftigt er zehn Mitarbeiter, ein Jahr später sind es bereits fünfundzwanzig.

Von Anfang an ist Robert Bosch ein Unternehmer mit sozialem Gewissen. Er investiert nicht nur in bessere Maschinen, sondern auch in gut belüftete, lichtdurchflutete Räume und schafft so für seine Angestellten eine humane Arbeitsatmosphäre, die motiviert. Die Produktivität eines Unternehmens, weiß der Firmenchef, hängt gerade auch von solchen Faktoren ab. „Ich verdanke meinen Erfolg weniger meinen Kenntnissen als meinem Charakter"[4], wird er später resümieren.

Am 1. April 1901 zieht der stolze Unternehmer, der inzwischen sein eigenes Farbrikgebäude erbauen ließ, mit fünfundvierzig Mitarbeitern in die neue „Elektrotechnische Fabrik Robert Bosch" ein, wie die großen Lettern am Treppenhaus des Gebäudes verkünden. Jahre später wird er als Erster den Acht-Stunden Tag einführen und den „Bosch Zünder", eine Mitarbeiterzeitung, gründen. Um die Identifikation seiner Mitarbeiter mit dem Unternehmen zu fördern und – ganz demokratisch – den Mitarbeitern die Möglichkeit zu geben, am Werdegang des Unternehmens teilzuhaben.

Mit seinem Gespür für Menschenführung und seiner sozialen Unternehmensphilosophie ist der „rote Bosch", wie ihn die anderen Industriegrößen auch wegen seiner Kontakte zu den Sozialdemokraten Karl Kautsky und Clara Zetkin oftmals spöttisch nennen, eine Ausnahme-Erscheinung seiner Zeit.

Bald schon boomt auch im Ausland das Geschäft mit dem „Magneto", und nun wächst die Firma rasant. Bis 1913 ist Bosch mit zweiunddreißig Werken und Verkaufsstellen in fünfundzwanzig Ländern auf allen Erdteilen vertreten. Robert Bosch verdient Millionen, auch am Krieg – ein Dilemma für den Pazifisten. Als 1914 der Erste Weltkrieg ausbricht, gibt es kaum einen Verbrennungsmotor in der deutschen Armee, der nicht mit einem Bosch-Zünder ausgestattet ist.

Schon während des Krieges stellt Bosch seine Werkstätten als Lazarett zur Verfügung, spendet 20 Millionen Reichsmark aus dem Kriegsgewinn für gemeinnützige Zwecke, lässt künstliche Prothesen für Verwundete fertigen und gründet Stiftungen, die dem Gemeinwohl dienen sollen. Nach dem Krieg wird er politisch aktiv, mischt sich ein und spricht sich öffentlich für Demokratie und ein friedliches Europa aus.

Bald schon trifft Robert Bosch das Schicksal hart. 1921 stirbt sein 30-jähriger Sohn Robert junior, der seit zehn Jahren an multipler Sklerose leidet und den er als Firmennachfolger vorgesehen hat. Seine Ehe mit Anna Kayser wird kurze Zeit später daran zerbrechen. Zu unterschiedlich ist die Art ihrer beider Trauer. Während Anna in Depressionen versinkt, stürzt sich Robert Bosch in die Arbeit, reist oft nach Berlin, wo er einen Salon führt, in dem die politische und künstlerische Elite verkehrt. Hier lernt der inzwischen 66-Jährige seine zweite, siebenundzwanzig Jahre jüngere

Frau kennen, die Opernsängerin Margarete Wörz, mit der er zwei weitere Kinder haben wird. Ein spätes Glück.

Doch die Machtübernahme der Nationalsozialisten 1933 stürzt ihn bald erneut in ein Dilemma. Nach Ausbruch des Zweiten Weltkrieges 1939 will Robert Bosch vermitteln, trifft sich in einem Vier-Augen-Gespräch mit Hitler und setzt sich für die Aussöhnung mit Frankreich ein – vergebens. Als die antisemitische Stimmung in Deutschland ihren Höhepunkt erreicht, bietet Bosch jungen Juden Lehrstellen an und hilft manchen beim Neustart im Ausland. Und doch muss Robert Bosch seinen Betrieb in den Dienst der Machthaber stellen. Er produziert Motoren für die Kriegsmaschinerie – jeder Panzer, jedes Flugzeug braucht die Zündkerzen von Bosch, und Bosch verdient einmal mehr am Krieg.

Ein Doppelleben beginnt. Dass er von den Nazis zum „Pionier der Arbeit" ausgezeichnet wird, lässt Robert Bosch zu. Nach außen will er den Schein wahren, doch nach innen plant er den Widerstand. Mit vertrauten, engsten Mitarbeitern, dem „Bosch-Kreis", sucht er nach Wegen, Hitlers Regime zu untergraben, schafft ein Netzwerk von Gleichgesinnten, auch im Ausland. Sein Mitstreiter Carl Friedrich Goerdeler, der später am Attentat gegen Hitler beteiligt sein wird, wird dafür mit seinem Leben bezahlen.

Robert Bosch wird diese Tragödie nicht mehr erleben. Er stirbt am 12. März 1942 im Alter von achtzig Jahren und wird – zum Missfallen seiner Angehörigen – mit einem Staatsbegräbnis beigesetzt.

Georg Kropp gründet in Wüstenrot
die erste deutsche Bausparkasse.

GEORG KROPP

(1865–1943)

SENDUNGSBEWUSSTER SOZIALREFORMER

„Taten, nicht Tinte – Werke, nicht Worte“[1]

Im stillen und beschaulichen Dörfchen Wüstenrot – im Mainhardter Wald zwischen Heilbronn und Schwäbisch Hall gelegen – geht es seit einiger Zeit zu wie im Taubenschlag, genauer gesagt in der Haller Straße 3 im oberen Stockwerk des kleinen Bauernhauses von Georg Kropp. Es ist Mittagszeit, und während Kropp und seine Mitarbeiter in Windeseile die letzten Aktenstapel vom Tisch räumen, eilt Kropps

Frau Pauline bereits mit Tellern und Besteck herbei, schiebt den restlichen Papierberg beiseite und platziert die Suppenschüssel nun dorthin, wo zuletzt noch die Schreibmaschine stand.

Der fliegende Wechsel zur Morgens-, Mittags- und Abendzeit ist Alltag im Hause Kropp. Und noch während seine Kinder den letzten Löffel Suppe hinunterschlucken, mahnt Vater Kropp zur Eile. Diverse Artikel für die erste Ausgabe der Zeitschrift „Mein Eigenheim" müssen noch geschrieben und Prospektbestellungen verschickt werden. Auch einen weiteren Wäschekorb mit Briefen und Anträgen hat der Postbote vorbeigebracht, die heute noch bearbeitet werden wollen, hier, im winzigen Zimmer des Eigenheims der Kropps, das nicht nur Küche und Wohnzimmer der Familie, sondern auch Büro und Schaltzentrale der ersten Bausparkasse Deutschlands ist.

Es ist 1924. Kropp und seine jungen Mitarbeiter arbeiten quasi rund um die Uhr, seitdem die Bauspar-Idee des dynamischen 59-jährigen, gelernten Drogisten und Werbetexters Georg Kropp nach zähen Anfangsjahren nun endlich von Erfolg gekrönt zu sein scheint. „Jeder Familie ein Eigenheim"[2], so lautet das Credo, mit dem Kropp und seine „Gemeinschaft der Freunde" angetreten sind, dem sozialen Elend der Zeit, allem voran der Wohnungsnot, durch kollektives Zwecksparen ein Ende zu bereiten.

Den Gedanken, Menschen zusammenzubringen, die gemeinsam auf ihr jeweiliges Eigenheim sparen, um sich so aus eigenem Antrieb heraus und mit einem erstrebenswerten Ziel vor Augen selbst aus der Misere zu ziehen, verbreitet der methodistische Laienprediger Kropp bereits seit Jahren mit missionarischem Eifer. Sein Sendungs- und Verantwortungsbewusstsein, sein Eifer und Durchhaltevermögen sowie seine Standfestigkeit in vielen seiner schwierigen Lebensphasen sind Wesenszüge, die sich bis in die Kindheit des jungen Georg zurückverfolgen lassen.

Georg Kropp wird am 1. Dezember 1865 als fünftes Kind eines Kapitäns in Swinemünde auf Usedom geboren – eine Seemannsfamilie seit vielen Generationen. Hin und wieder darf der Junge seinen Vater an Bord der „Lessing", seiner eigenen Dreimastbark, begleiten, wenn er auf Reisen in die Ost- oder Nordsee aufbricht. Immer mit auf See: die Bibel und die Schriften des Paracelsus, zwei Bücher des Vaters, die Aufschluss geben über Werte, Gesinnung und Vorbilder des Kapitäns, die auch den heranwachsenden Georg prägen.

Mit der aufkommenden Dampfschifffahrt, die die Familie zunächst in Bedrängnis und bald schon in existenzielle Not katapultiert, sind die unbeschwerten Kindheitstage des Jungen gezählt. Eine neue Werft direkt vor seiner Nase bedeutet das endgültige Aus für den leidenschaftlichen Seemann Kropp. Mit sechzig Jahren fängt er notgedrungen noch einmal ganz von vorne an. Er besinnt sich seines Interesses an der Homöopathie und eröffnet eine Drogerie, die allerdings eher schlecht als recht laufen wird.

Auch der fleißige und wissbegierige Georg, der nicht nur ein hervorragender Schüler ist, sondern auch gut reden kann, muss seine Träume begraben. Eigentlich ist es sein sehnlichster Wunsch, Missionar oder Lehrer zu werden, auch sieht er seine Berufung im Schreiben, doch eine Karriere als Drogist, um seinem Vater unter die Arme zu greifen, ist jetzt vorherbestimmt.

Georg nimmt es, wie es kommt. Der Chemie, Pharmazeutik, Botanik und Zoologie nicht abgeneigt, stürzt er sich in Selbststudien, um sein Handwerk richtig zu erlernen. Mit zweiundzwanzig Jahren studiert er eine kurze Zeit an der Drogisten-Akademie in Braunschweig und brilliert mit dem besten Abschlusszeugnis, das die Akademie bis dahin vergeben hat. Vom Erfolg beflügelt will er seine Studien nun am liebsten im Ausland vertiefen, doch auch diesen Traum muss er begraben. Die Drogerie des Vaters hält sich gerade so über Wasser, und Georg muss zurück nach Swinemünde.

1893, mittlerweile achtundzwanzig Jahre alt, heiratet Georg seine Kusine Marie Wulff, zwei Jahre später stirbt sein Vater. Der hinterlässt dem Sohn eine schlechtgehende Drogerie, die Georg, so sehr er es auch versucht, ebenfalls nicht halten kann. Noch im gleichen Jahr verliert der junge Kropp nicht nur Haus und Geschäft, sondern auch das Vermögen seiner jungen Frau.

Wieder einmal müssen die Kropps von vorne beginnen, diesmal im badischen Mannheim, wo der gebeutelte Georg versucht, mit der Neugründung einer Drogerie und einer dazugehörenden pharmazeutischen Produktion Boden unter den Füßen zu gewinnen. Doch er scheitert damit erneut. Kropp hat nun genug vom mühsamen Drogistendasein und besinnt sich auf seine eigentliche Berufung: das Schreiben. Am liebsten will er Menschen auch ein Ratgeber sein, fühlt sich befähigt, ihnen in schwierigen Lebensfragen weiterzuhelfen. In Ludwigshafen übernimmt er die Redaktion einer Fachzeitschrift und hält seine wachsende Familie zusätzlich mit dem Verkauf von pharmazeutischen Präparaten über Wasser.

In dieser Zeit – es ist mittlerweile 1912 – beschäftigt sich Georg Kropp, der schon als junger Mann mit den bodenreformerischen Schriften Adolf Damaschkes und den Ideen der Gartenstadtbewegung sympathisiert hat, intensiver denn je mit den brennenden Gesellschaftsfragen seiner Zeit: unmenschliche Wohnverhältnisse, Alkoholmissbrauch, Armut. Die Frage, wie man möglichst vielen Menschen zu Eigentum an Grund und Boden verhelfen könne, um so, davon ist Georg Kropp überzeugt, den Teufelskreis der Misere zu durchbrechen, lässt den stets am Gemeinwohl orientierten Christen nicht mehr los.

Eine realistische Anregung glaubt er in Upton Sinclair's Roman „Der Sumpf" von 1906 gefunden zu haben, in dem der amerikanische Schriftsteller schildert, wie sich eine arme Einwandererfamilie, durch einen Werbeprospekt auf die Idee gebracht, mit Hilfe einer Art Bauspargenossenschaft ein eigenes Haus finanziert. Trotz Kropps Ablehnung der im Roman geschilderten, halb-kriminellen Abzahlungsmethode wird die Hauskaufepisode zum Aufhänger für seine weiteren Überlegungen in Sachen Eigenheim.

Sparen in einer Gemeinschaft Gleichgesinnter zum Wohle aller – davon will er nun auch die Mitglieder des Guttempler-Ordens überzeugen, die sich für die Bekämpfung des Alkoholmissbrauchs einsetzen und denen er selbst als überzeugter Abstinenzler angehört. 1912 vertritt Georg Kropp seine Idee zum ersten Mal öffentlich auf einer Guttempler-Versammlung in der Hoffnung, Mitstreiter zu gewinnen. Fast allen Trinkern, führt Kropp aus, fehle ein Ziel, für das es sich lohne, Opfer zu bringen. Weg mit den sklavischen Mietverhältnissen! „Wir müssen (...) dem einzelnen dazu verhelfen, dass er ein Stück eigenen Boden unter den Füßen und ein Dach über dem Haupt hat“[3]. Doch die Guttempler sind skeptisch, manche belächeln Georg Kropp gar als Träumer und Narren.

1918. Inzwischen gibt Kropp nicht nur eine Kriegschronik heraus, die in vielen Zeitungen erscheint, sondern auch den „Michel“, eine Art Glücksbuchkalender, der ihm in seinem missionarischen Eifer als Sprachrohr für seine Gedanken und Überzeugungen dient und ihn bekannt macht. 1919 – Georg Kropp hat nach dem Tod seiner ersten Frau zum zweiten Mal geheiratet – kauft er in Wüstenrot ein kleines Häuschen mit ein wenig Land und beschäftigt sich neben seiner journalistischen Tätigkeit in Heilbronn wieder intensiv mit seiner Spar-Idee. Er entwirft Prospekte, Aufrufe und Traktate.

Seine Überlegungen fasst er in dem Büchlein „Aus Armut zum Wohlstand“ zusammen, das 1920 in Zeiten erscheint, in denen die Wirtschaft lahmliegt, Wohnraum fehlt und Menschen hungern. Kropp stellt Tabakfabriken und Brauereien an den Pranger, rechnet vor, wie viele Tonnen Gerste und

Kartoffeln für Bier und Schnaps verschwendet würden, und wirbt im Kontrast dazu für das Gefühl einer lebenslangen Befriedigung durch den Besitz eines eigenen Hauses. Nur eine Gemeinschaft von Gleichgesinnten, die bereit sei, seine Eigenheim-Idee umzusetzen, könne das Übel an der Wurzel packen.

Kaum ist das Buch erschienen, gehen Dutzende von Anfragen und Anträgen ein, die Kropps Visionen beflügeln. Nur ein Jahr später, am 22. Juli 1921, im kleinen Versammlungssaal des Stuttgarter Hospiz „Herzog Christoph", gründet er zusammen mit der Landtagsabgeordneten Mathilde Planck und dem Oberpostinspektor Robert Ankele den gemeinnützigen Verein „Gemeinschaft der Freunde Wüstenrot", der das Wohnungsproblem angehen und ein Zeichen setzen will. Bereits Ende 1921 kommen sechsundneunzig Eigenheimbewerber und 100.000 Mark zusammen, doch 1923 bremst die Inflation die so hoffnungsvolle Bewegung wieder aus. Wer kann in diesen Zeiten noch bauen? Eine Million Mark, die mittlerweile auf den Konten des Vereins eingegangen sind, müssen zurückgezahlt werden, Kosten, die Kropp und seine Freunde zum Teil aus eigenen Ersparnissen bestreiten müssen. Georg Kropp zieht sich in sein Häuschen nach Wüstenrot zurück und hält sich und seine Familie wieder einmal über Wasser, bis sich die wirtschaftliche Lage durch die Einführung der Rentenmark langsam stabilisiert.

Kropp, voller Eifer und Optimismus, will keine Zeit verlieren und trommelt seine „Gemeinschaft der Freunde" erneut zusammen, um ihnen sein inzwischen überarbeitetes Spar-Modell zu präsentieren, das auf einer simplen Rechnung beruht, die dem Bauspargedanken bis heute zugrunde liegt: Wenn eine Familie jährlich 1.000 Mark zurücklegt, um alleine auf ein Eigenheim im Wert von 10.000 Mark zu sparen, braucht sie zehn Jahre, um das Kapital zusammenzutragen. Zahlen aber zehn Familien in eine gemeinschaftliche Kasse ein, so sind das zehn mal 1.000 Mark, also

10.000 Mark. Bereits am Ende des ersten Jahres kann das erste Haus gebaut werden, im nächsten das zweite usw. Neun Bausparer können so früher in ihr Haus einziehen. In Gruppen zusammengefasst soll per Losverfahren entschieden werden, welches Mitglied zuerst bauen darf.

Am 16. Februar 1924 verankert der Verein das Kollektivsparmodell in dem Beschluss, eine „Bausparkasse" ins Leben zu rufen, „Bausparer" zu werben und eine Zeitschrift mit dem Titel „Mein Eigenheim" herauszugeben, die den Bauspargedanken verbreiten soll. Der Sitz: in Wüstenrot. Seitdem geht es im kleinen Häuschen in der Haller Straße zu wie im besagten Taubenschlag.

Während seine Mitarbeiter im Ort die Stellung halten, begibt sich Georg Kropp auf Werbetour, besucht Zeitungsredaktionen, hält Vorträge, diskutiert mit Kritikern, kurzum: Er ist Unternehmer, Buchhalter, Werbetexter und Redakteur in Personalunion. Und hat Erfolg: Die Auflage der Informationszeitschrift „Mein Eigenheim" steigt in die Tausende, schon im April tritt der erster Sparer der Bausparkasse bei. Und gegen Jahresende ist der Heidenheimer Postautofahrer Josef Kümmel der Erste, der mit Hilfe einer Bausparkasse sein Eigenheim finanziert.

Kropps Häuschen platzt aus allen Nähten. Die Bausparkasse zieht bald ins Rathaus um, zu den Essenszeiten marschiert die Belegschaft dann wieder zurück ins Kropp'sche Haus, wo seine Gattin mit Helferinnen in Schichten kocht. Als die Bausparkasse 1930 – mittlerweile haben über 40.000 Sparer ihr Geld investiert – aus dem zu eng gewordenen Wüstenrot gegen den Willen Kropps nach Ludwigsburg umzieht, kommt es zum Bruch.

Der Patriarch sieht seinen Einfluss schwinden und zieht sich gekränkt aus dem großgewordenen Wirtschaftsbetrieb zurück. Georg Kropp, der Initiator der Bausparbewegung, um den es still geworden ist, stirbt im Alter von siebenundsiebzig Jahren in Wüstenrot.

Laemmle gründet mit „Universal Pictures“ das erste große Hollywood-Studio.

CARL LAEMMLE

(1867–1939)

TATKRÄFTIGER FILMPIONIER

*„Er wirft einen langen Schatten
über die Buchseiten
der Geschichte Hollywoods.“*[1]

Als Carl Laemmle am 17. Januar 1867 im oberschwäbischen Laupheim das Licht der Welt erblickt, ahnt niemand, dass der Sohn des jüdischen Kaufmanns Julius Baruch Laemmle und seiner Frau Rebekka einmal der berühmteste Sohn seiner Stadt werden wird. Kaum vorstellbar, dass der kleine Carl, der als zehntes Kind seiner Eltern in Armut aufwächst, im Amerika des 19. und 20. Jahrhunderts zu einem der größten Filmmogule seiner Zeit aufsteigen und den Grundstein für das heutige Hollywood legen wird. Der Komponist George Gershwin wird ihm eine Zeile widmen, in der es heißt: „An Carl Laemmle, mit größter Bewunderung für ihn und seine aufregende Karriere in der Filmindustrie“[2].

Zu seinem Geburtstag werden Carl später internationale Politiker und Künstler gratulieren, zur Eröffnung seiner Filmstadt „Universal City“ in den Hügeln Hollywoods nationale Größen nach Kalifornien reisen, darunter Berühmtheiten wie Buffalo Bill oder Thomas A. Edison. In seiner schwäbischen Heimat werden regionale Zeitungen über sein Mäzenatentum berichten, und in seiner Geburtsstadt, mit der er zeitlebens eng verbunden bleibt, wird man sogar eine Straße nach ihm benennen.

Und dennoch ist Carl Laemmle oder „Uncle Carl“, wie ihn alle nannten, heute fast vergessen. Verwunderlich, wenn man bedenkt, dass er über 9.000 Filme schuf – darunter Klassiker wie „Dracula“, „Frankenstein“, „Das Phantom der Oper“ oder „Im Westen nichts Neues“ – für diesen bekommt er 1930 einen Oscar in der Kategorie „Bester Film“. Einen weiteren Oscar gibt es für die beste Regie.

Laupheim in den 1860er-Jahren. Ein kleines beschauliches Städtchen in Oberschwaben, in dem Katholiken, Protestanten und über achthundert Juden leben. Hier wächst der junge Carl in einer Großfamilie auf. Der Alltag ist hart. Carls Vater bringt Frau und Kinder nur schwer über die Runden. Das Geld reicht nicht aus, um den heranwachsenden Carl auf die weiterführende Lateinschule zu schicken. Wie in vielen armen Familien üblich muss auch Carl die Schule frühzeitig verlassen. Mutter Rebekka vermittelt ihm eine Kaufmannslehre bei Familie Heller in Ichenhausen, die einen Gemischt- und Handelswarenladen besitzt.

Carl bringt es im Laufe von drei Jahren vom einfachen Laufburschen zum ausgezeichneten Buchhalter. Er kann sich gut vorstellen, ganz in Ichenhausen zu bleiben, wäre da nicht das einschneidende, traurige Ereignis, das den jungen Mann aus der Bahn schleudern und in ein anderes Leben katapultieren wird: Im Oktober 1883 stirbt seine Mutter nach einer misslungenen Operation – eine Tragödie für Carl, der ein enges Verhältnis zu ihr hatte. Nur wenige Wochen nach der Beerdigung ist er fest entschlossen, zu seinem Bruder nach Amerika auszuwandern. Ein Traum, den der 17-Jährige nur seiner Mutter zuliebe immer wieder verworfen hat.

Als Carl Laemmle am 18. Januar 1884 in Bremerhaven den Auswandererdampfer „Neckar" besteigt, hat er 50 Dollar in der Tasche, die er sich von einem Onkel hat leihen müssen. Kaum zwei Wochen später erreicht er ein nebelig-trübes und verregnetes New York – der erste Eindruck enttäuschend. „Das erhoffte ‚El Dorado'", erinnert sich Laemmle später, „war ein eher entmutigendes Spektakel".[3]

Ohne ein Wort Englisch zu sprechen, schlägt Carl sich zunächst als Laufbursche für einen Supermarkt durch. Bald darauf zieht er zu seinem Bruder Joseph nach Chicago, arbeitet dort als Zeitungsausträger und Tauschhändler und zwischenzeitlich als Farmarbeiter in Dakota. Zehn Jahre nach seiner Ankunft zahlt sich sein Durchhaltevermögen endlich aus: Der junge Mann bekommt eine Stelle als Buchhalter in einem Textilunternehmen in Oshkosh, Wisconsin, ganz in der Nähe von Chicago. Bald hat es Carl Laemmle zum Geschäftsführer einer Filiale der „Oshkosh Continental" gebracht.

1898 heiratet er Recha Stern, die Nichte seines Chefs Sam Stern, und gründet eine Familie. Doch anhaltende Unstimmigkeiten mit dem Schwiegervater veranlassen ihn, wieder zurück nach Chicago zu gehen. Eher zufällig entdeckt er genau hier seine große berufliche Liebe, den Film.

Gern erzählt Laemmle später in Radio-Interviews, wie er 1906 durch Chicago schlendert und plötzlich eine Menschenschlange sieht. Die Leute wollen in ein „Nickelodeon", eine Frühform des Kinos, in dem die Vorstellung einen Nickel, also 5 Cent, kostet. Laemmle stellt sich an, sieht seinen ersten Film und ist begeistert. „Mehr habe ich nie für einen Nickel bekommen!“[4], beschreibt er sein Schlüsselerlebnis. „Dieses Business hat unglaubliche Möglichkeiten. Augenblicklich war ich überzeugt, dass ich in das Filmgeschäft einsteigen wollte.“[5] Kurzentschlossen setzt der Enthusiastische alles auf eine Karte: Er kauft sich ein solches Kino in der Milwaukee Avenue und nennt es „White Front Theatre“.

Zwar boomen die Nickelodeons, aber meist sind es schäbige Läden, in denen ein paar Stühle stehen. Der ehrgeizige Laemmle will sich von seinen Konkurrenten abheben und setzt auf Stil, Sauberkeit und Qualität. Er lässt die Außenfassade und den Innenraum weiß streichen, stellt weiße Stühle hinein und textet selbstbewusst: „The Coolest Five Cent Theatre in Chicago!“[6]

Seine Vermarktungsstrategie geht auf. Schnell ist das neue Filmtheater in aller Munde, und Laemmle nimmt nun wöchentlich 600 Dollar ein. Bald ist Carl nicht nur Besitzer zweier Filmspielhäuser, sondern auch Gründer seines eigenen Filmverleihs, des „Laemmle Film Service“. Er eröffnet Büros auch außerhalb Chicagos, zieht 1907 nach New York und schafft es in nur zwei Jahren, zum größten Filmverleiher Amerikas zu avancieren.

Frühjahr 1914. In Carl Laemmle schlummert schon lange eine Vision. Er, der mit der „Universal Manufacturing Company“ mittlerweile das weltweit größte Filmstudio besitzt, will mehr. Warum nicht eine eigene Stadt gründen? Eine Studio-Stadt, die nur dem Zweck dient, Filme in großer Stückzahl herzustellen?

Im sonnigen Kalifornien sieht er die allerbesten Produktionsbedingungen dafür. Nach dem Erfolg seines ersten Langfilms, der rund 100.000 Dollar einspielt, kauft Carl ein Stück brach liegendes Land in den Hügeln von Los Angeles und lässt bauen. Nahezu täglich berichten die großen amerikanischen Zeitungen über die Fortschritte der kuriosen Filmstadt „Universal City", die größer werden wird als Laemmles Heimatstadt Laupheim und in der zum ersten Mal alles, was eine moderne, effektive Filmproduktion ausmacht, an einem Ort vereint ist.

Laemmles Filmstadt wird Vorbild für alle anderen aufkommenden, großen Filmstudios seiner Zeit, sie bildet quasi die Keimzelle des heutigen Hollywood. Es gibt Büros, ein Postamt, eine Polizeiwache, eine Feuerwehrstation, ein Krankenhaus, zwei verschiedene Studiobühnen, einen Zoo, einen Pferdestall und ein Gewächshaus. Besonders am Herzen liegen Carl die Nachbauten der Straßenkulissen von London, Paris, Kairo, New York und Rom. „Wenn der Vesuv nicht hier ist", so Laemmle, „dann bauen wir uns eben einen eigenen Vesuv!"[7]

Als am 15. März 1915 „Universal City" feierlich eröffnet wird, ist Carl Laemmle am Ziel seiner Träume. Während hoch über ihm das Sternenbanner flattert und eine Kapelle die Nationalhymne spielt, warten gut 20.000 Zuschauer und hundert Ehrengäste ungeduldig darauf, dass Laemmle mit einem goldenen Schlüssel das Tor zum größten Filmstudio der Welt öffnet. Indianer und Cowboys, Wildwestschießereien, Explosionen und Wassermassen, die auf die Menschen zustürzen – dies ist nur ein Teil des Spektakels, das sich den Leuten bei der Eröffnung bietet. Laemmle ist an diesem Tag einmal mehr in seinem Element. „Schreiben Sie einfach", so diktiert der begnadete Selbstvermarkter einem anwesenden Journalisten, „dass dies der glücklichste Tag meines Lebens ist".[8]

Das Jahr 1919 allerdings beginnt für Carl mit einem Schock. Überraschend stirbt seine Frau Recha an der Spanischen Grippe, und er muss seine Kinder nun alleine groß ziehen. Als Zeichen seiner ewigen Liebe wird er fortan eine weiße Rose im Revers tragen. Heiraten wird er nie mehr.

Auch an anderer Front will Laemmle Haltung zeigen. In diesen Tagen ist die Stimmung aufgeheizt. Seit April 1917 befindet sich Amerika im Krieg. Anti-deutsche Ressentiments sind an der Tagesordnung, und Carl muss Stellung beziehen, allein schon, um die „Universal City" nicht zu gefährden. Hin- und hergerissen zwischen seinem Patriotismus für beide Länder entscheidet sich Laemmle für die amerikanische Seite und produziert anti-deutsche Propagandafilme wie „Der Kaiser, die Bestie von Berlin!" und einen dokufiktionalen Film über die Versenkung des britischen Passagierdampfers „Lusitania" durch ein deutsches U-Boot. Es ist seine Pflicht, wie Carl sagt, doch sein Heimatland wird es ihm nie wirklich verzeihen.

Bis zum Ersten Weltkrieg 1914 reißen die Bande zu Laupheim nie ab. Nahezu jährlich macht Carl Heimaturlaub in seiner geliebten Geburtsstadt, wo er es genießt, als wohltätiger, reicher Onkel aus Amerika verehrt zu werden. „Das Schicksal hat es gut mit mir gemeint", so Carl, „das mindeste (...) was ich tun kann, ist den Menschen zu helfen"[9]. Er engagiert sich im Verschönerungsverein der Stadt, finanziert u. a. eine Schule, ein Schwimmbad, ein Waisenhaus und spendet viel Geld für den Wiederaufbau nach dem Krieg. Er weiß und bekommt bei seinen letzten Besuchen auch zu spüren, dass die Laupheimer enttäuscht, viele gar entrüstet sind über die anti-deutschen Propagandafilme, die er während des Krieges produziert hat. Dennoch machen sie ihn 1919 zum Ehrenbürger.

Doch den aufstrebenden Nationalsozialisten ist Laemmle schon lange ein Dorn im Auge. Als sein Film „Im Westen nichts Neues" am 4. Dezember 1930 in Berlin Premiere feiert, stürmen Nazis die Kinos, werfen Stinkbomben und brüllen die Dialoge nieder. Im selben Jahr noch wird der Film in Deutschland verboten, und die Zeitungen hetzen gegen den „kleinen Juden", den „Verräter", der das Ansehen des deutschen Soldaten beschädige.

Als 1933 die Nationalsozialisten schließlich an die Macht kommen, radieren sie auch in seiner Heimatstadt Laupheim alles aus, was an den wohltätigen jüdischen Filmpionier erinnert. „Ich habe alles für meine kleine Heimatstadt getan", bedauert er tief getroffen, „und nun gibt es nicht einmal mehr die Laemmle-Straße."[10]

1936. Es ist das Jahr, in dem Carl Laemmle sich unfreiwillig aus dem Filmgeschäft zurückziehen wird. Zum allerersten Mal in seiner Karriere hat er sich einen Film durch einen Kredit finanzieren müssen. „Showboat", der Leinwandstreifen nach einem Theaterstück am Broadway, auf den er und sein Sohn große Hoffnungen setzen, macht Verluste. So hoch, dass er verkaufen muss.

1936 ist auch das Jahr, in dem Carl Laemmle zum Lebensretter wird. Seine Sorge um die Juden in Deutschland ist groß. Immer häufiger erreichen ihn Hilferufe von Freunden, Bekannten und Familienangehörigen aus Laupheim. Viele fühlen sich ihres Lebens nicht mehr sicher, und Carl ist bereit, mit seinem Geld zu helfen. Bis zu seinem Lebensende werden es Hunderte von Bürgschaften sein, die er ausstellt, ohne die man nicht in die USA einreisen darf. Er gründet die Carl-Laemmle-Stiftung, verschafft seinen jüdischen Mitbürgern Arbeit und gibt Startkapital.

Im September 1939 stirbt Laemmle in seinem Haus in Beverly Hills im Kreise seiner Familie an einem Herzinfarkt. Noch auf seinem Sterbebett, so erinnert sich sein Sohn, richtet Carl Laemmle seine letzten Gedanken an Laupheim: „Er hat Laupheim geliebt"[11]. Und er zitiert Carls Lebensfazit: „Ich bin glücklich, weil ich unzählige Menschen glücklich machen durfte. Mein wirkliches Glück liegt in der Tatsache, meine Mitmenschen amüsiert und unterhalten zu haben."[12]

Karl Nessler erobert mit seiner Erfindung der Dauerwelle die Herzen der Damenwelt.

KARL LUDWIG NESSLER

(1872–1951)

EXPERIMENTIERFREUDIGER FIGARO

„Ein arbeitsamer, kluger und tüchtiger Mensch.“[1]

Katharina Laible sitzt schon auf einem Stuhl, als Karl Nessler seinen Ondulationskoffer auspackt. In freudiger Erregung legt er alles bereit – eine Zange, Drähte, Röhren, Filzscheiben sowie eine unter strenger Geheimhaltung gemixte Tinktur, an der er endlos getüftelt hat. Nun macht sich der Friseur und Erfinder ans Werk – das Haar seiner Frau Katharina soll lockig werden und zwar dauerhaft. Kein leichtes Unterfangen, hat doch Karl seit Jahren experimentiert, erst seine Schwester, dann seine Frau als Versuchsmodell malträtiert, um seine Idee der perfekten Welle umzusetzen. Doch Katharina hat auch diesmal viel Geduld, denn schließlich, so prophezeit ihr Karl, stehe er in diesem Moment endlich kurz vor seinem großen Durchbruch.

Er teilt eine Haarsträhne ab, wickelt sie fest um einen Metallstab, fixiert die Haarspitzen daran und pinselt darauf einen aus Borax und Soda gemixten Brei. Zum Schutz der Kopfhaut seiner schmerzerprobten Gattin legt er diesmal eine Filzscheibe unter die Strähne und stülpt ganz vorsichtig eine Papphülse darüber. Inzwischen hat auch die auf einer Gasflamme erhitzte Zange die richtige Temperatur, etwa 120 Grad. Und nun, während Karl das glühende Eisen über die Hülse stülpt, heißt es für beide: stillhalten, keine Bewegung, zehn Minuten lang – der wohl schwierigste Teil des Experiments.

Behutsam legt Karl anschließend die Zange beiseite, befreit Katharinas Kopf vom Rest des Zubehörs und – voilà, das Haar frohlockt und auch sein Schöpfer. Dies, da ist sich Karl sicher, ist die Stunde der Revolution im Frisiersalon. Vergessen die Schmerzen, Tränen und Schreie, vergessen alle abgeschmorten Locken und abgebrochenen Versuche. Es ist vollbracht! Mit der Dauerwelle wird Karl nun die Welt erobern.

In der Tat ist die Geschichte des Karl Ludwig Nessler eine Welterfolgsstory, die mit seiner Geburt in Todtnau im Hochschwarzwald im Jahre 1872 ihren Anfang nimmt. Am 2. Mai kommt der Sohn des Schuhmachers Bartholomäus Nessler und seiner Frau Rosina zur Welt. Vielleicht ist es kein Zufall, dass sich Karl seit seiner frühen Kindheit für Haare begeistert. Als er in Todtnau aufwächst, ist die Stadt Zentrum der Bürstenindustrie. Zwölf Betriebe mit über tausend Angestellten produzieren Bürsten für Haare, Hunde oder Schuhe. Viele Todtnauer machen dies sogar in Heimarbeit.

Haare beschäftigen den Ort und auch den kleinen Karl. So fragt er sich dauernd, warum eine seiner Schwestern glattes, die andere lockiges Haar hat. Beim Ziegenhüten beobachtet er, wie sich das Haar der Tiere bei Regen verändert, beim Spazierengehen sieht er, wie der Morgentau die Gräser rollt und der Sonnenschein sie wieder geradebiegt. Schnell hat Karl verstanden, dass Wärme und Feuchtigkeit Auslöser dieses Effekts sein müssen – Überlegungen, die er später auf seine Experimente überträgt.

Nach seiner Schulzeit beginnt Karl eine Ausbildung als Barbier in Fahrnau und Schopfheim, bricht die Lehre aber bald ab, arbeitet zwischenzeitlich in einer Uhrenfabrik in Aarau, lernt lieber Italienisch und Französisch und widmet sich nebenbei seinen Studien über das Haar. Fest entschlossen, doch noch seine Friseurlehre zu beenden, zieht es den rastlosen Schwarzwälder Buben, mittlerweile zwanzig Jahre alt, von Aarau und Basel über Mailand nach Genf. Hier, in den vornehmen Frisiersalons, trägt man einen schwarzen Gehrock, die höheren Angestellten sogar Frack und Zylinder – genau die richtige Adresse für den aufstrebenden Karl.

In diesen Tagen nämlich ist Karl Ludwig Nessler fest entschlossen, die Erforschung der Dauerwelle voranzutreiben. „The Story of Hair" wird seine Abhandlung über das Haar später heißen, für die er im Laufe der Jahre akribisch Daten sammelt, Haarlängen vermisst, Haargewichte bestimmt und Theorien über das Haarwachstum aufstellt.

Von nun an wird er sich nicht mehr Karl, sondern Charles Nestlé nennen, sehr französisch und viel schicker, findet er. Mit neuem Namen macht er sich bald, wie so viele andere auch, auf nach Paris, in jenen Tagen die Trendsetter-Metropole schlechthin für neue Handwerkstechniken. Hier befassen sich die Coiffeure schon längst mit dem Wellen-Legen, dem sogenannten Ondulieren.

Es ist 1896 und Karl Nessler alias Charles Nestlé voller Tatendrang. Auch was die Liebe angeht. Eine Friseuse aus

Ulm, ebenfalls in Paris ansässig, hat es ihm angetan. Katharina Laible geht es ebenso, und fortan weicht sie ihm nicht mehr von der Seite, hilft ihm bei seinen Experimenten. Ihre Liebe stellt sie ihm mehrmals auch dadurch unter Beweis, dass sie einwilligt, für die ersten Dauerwellenversuche „ihren Kopf hinzuhalten“, was ihr bekanntermaßen so einige Pein beschert hat.

Inzwischen ist Karl zu etwas Geld gekommen. 1904 bringt er weitere Schönheitsprodukte auf den Markt, die er sich gleich patentieren lässt. Mit einer selbstgebauten Apparatur gelingt es dem talentierten Tüftler, Wimpern und Augenbrauen so täuschend echt herzustellen, dass sie einschlagen wie eine Bombe. Die Damen sind begeistert und kaufen, kaufen, kaufen – in Deutschland, England, ja sogar in Argentinien. Eine äußerst willkommene Einnahmequelle für Karl, die ihm nun endlich erlaubt, seine Katharina vor den Traualtar zu führen.

London im Jahr 1906. Hier lebt, arbeitet und tüftelt seit geraumer Zeit Karl Nessler, der seinen äußerst variablen Namen auf Anraten seiner Gattin nun einfach Englisch ausspricht und auch so schreibt: Nestle. Am 8. Oktober nimmt Karl all seinen Mut zusammen und stellt einem Fachpublikum sein Herzensprojekt, „die erste Dauerwelle am lebenden Kopf“, vor. So wird er später ganz offiziell für seine Erfindung werben.

In diversen Fachzeitschriften hat er Kollegen im In- und Ausland dafür zu begeistern versucht. „Mr. Charles Nestle“, so lautet der Text, „gibt sich die Ehre zur Besichtigung einer durch ein ganz neues Verfahren erzielten Ondulation aufzufordern. Diese widersteht sowohl dem Wasser wie auch jedem Einfluss der Luft.“[2] Doch der enthusiastische Tüftler erntet bei seiner Präsentation nur Häme. Schließlich haben Nesslers Kollegen viel Geld mit Ondulationen verdient, die nur bis zur nächsten Haarwäsche halten. Was also soll es ihnen bringen, wenn Locken ewig halten?

Nessler lässt sich nicht beirren, forscht und experimentiert weiter, und die Damen der Gesellschaft danken es ihm. Sie setzen sich nicht nur der stundenlangen Dauerwellen-Prozedur aus, sondern zahlen auch ein Vermögen dafür – bis zu 100 Pfund, mehr als ein durchschnittlicher Monatslohn. Karls Leistung wird 1908 mit einer königlichen Patentschrift gekrönt und sein eigener Salon in der South Bolton Street nun eine der ersten Adressen Londons. An die Hauswand lässt der stolze Besitzer eine Dauerwelle in Stein schlagen, die bis heute erhalten ist.

1914 wendet sich das Blatt für Charles Nestle. Es ist das Jahr, in dem er zum ersten Mal alles verlieren wird. Der Erste Weltkrieg beginnt. Als Deutscher wird er interniert, sein Geschäft beschlagnahmt und zwangsversteigert. Nessler, der seine Frau und seine vier Kinder zurücklassen muss, gelingt als „Mister Miller" die Flucht auf einem Dampfer in die USA. Er muss ganz neu anfangen.

Sein Ziel ist das boomende New York. In weiser Voraussicht hat sich Karl auch hier bereits vor Jahren seine Dauerwelle patentieren lassen. Im geschäftigen Treiben der florierenden Stadt, kommen Nessler sein Mut, sein Durchhaltevermögen und seine Experimentierfreudigkeit zugute. Er gründet ein kleines Geschäft, das er in nur sieben Monaten vergrößert und das im Laufe von wenigen Jahren zu einem Unternehmen aufblüht. Die New Yorkerinnen, alt und jung, sind verrückt nach Nesslers „permanent wave", wie sie im Salon in der Madison Avenue, Ecke 49 angeboten wird. Bald gibt sich das Who ist Who der Damenwelt ein Stelldichein in Nesslers Dauerwellen-Salons, die der tüchtige Schwarzwälder nun auch in Chicago, Philadelphia, Palm Springs und Detroit eröffnet.

Doch Nesslers Schaffenskraft ist noch lange nicht erschöpft. Er erfindet ein Heimdauerwellen-Set, für all die Frauen, die es zu weit haben, um in seine Salons zu kommen, und für die, die sich einen Besuch bei ihm nicht leisten können – ein Kassenknüller, wie sich herausstellt, denn Karl wird Tausende Sets verkaufen. Für nur ein paar Dollar kann jede Frau nun selbst experimentieren und sich eine Dauerwelle drehen – Heizung, Chemikalien, Zange und Röhren gleich mitgeliefert. Als 1919, fünf Jahre nach Karl, seine Frau und seine vier Kinder aus England einreisen, ist Karl alias Charles Nestle ein gemachter Mann. Mit den Haaren der Frauen hat er sich ein Millionenimperium aufgebaut.

Seine Heimatstadt Todtnau im Schwarzwald hingegen versinkt in Armut. In Deutschland ist die Inflation auf ihrem Höhepunkt. Es ist 1923, und Charles Nestle lässt sich nicht zweimal bitten. Der Rat der Stadt Todtnau fragt bei ihm an, ob er die Notleidenden seiner Heimatstadt unterstützen könne. Und so packt Karl nicht nur seine Koffer, sondern auch vierunddreißig Tonnen Kleider und Wäsche zusammen und reist nach Todtnau, um sie im „Hotel Ochsen" eigenhändig an die Notdürftigen zu verteilen. Dann fährt der großzügige „Mister Nessler" mehrmals übers Land, legt den Bauern seine Dollars bar auf den Tisch und kauft Kartoffeln und Getreide für die Todtnauer ein.

„Sie werden in den nächsten Tagen von der Dresdner Bank Freiburg Reichsmark 2.500 für die Armen Todtnaus erhalten"[3], schreibt er im Jahre 1926 aus New York an den Bürgermeister seiner Heimatstadt. In sieben Jahren werden es mehr als 20.000 Reichsmark sein, mit denen der heimatverbundene Karl seinen Landsleuten über die größte Not hinweghilft.

1928. Karl Nessler ist auf dem Höhepunkt seines Schaffens, und doch will er kürzer treten. Er denkt ans Aufhören. Jetzt, mit sechsundfünfzig Jahren, will er alles ein bisschen kleiner halten. Seine Geschäfte, Fabriken und Patente verkauft er für über 1,5 Millionen Dollar und zieht sich zum weiteren Haarstudium in sein kleines Labor auf seinem Landsitz „Deerpark" in Palisades, außerhalb New Yorks, zurück.

Einen Großteil seines Geldes legt er in Kupferaktien an, eine Entscheidung, die dem geschäftstüchtigen Coiffeur zum Verhängnis werden soll. Ein Jahr später, am Schwarzen Freitag des Jahres 1929, kommt es nämlich zum Börsencrash in New York, und Karl Nessler verliert fast sein ganzes Vermögen. Geblieben ist ihm nur sein herrschaftliches Haus mit dem schönen Park.

Doch das Schicksal meint es nicht gut mit Karl. Im gleichen Jahr brennt nicht nur seine Villa bis auf die Grundmauern ab, sondern auch sein geliebtes Labor. Seine Patente, Aufzeichnungen sowie Wert- und Lizenzpapiere gehen dabei in Flammen auf. In dieser Nacht kann er sich retten, doch fassungslos taumelnd und nur mit einem Pyjama bekleidet muss er zusehen, wie sein Lebenswerk den Flammen zum Opfer fällt.

Aufstehen, neu anfangen – das kennt Karl Nessler bereits. Er baut sich auf seinem Grundstück ein neues, kleineres Haus. Und auch hier wird er tüfteln und erfinden – das kann er. Die Ideen gehen ihm auch jetzt nicht aus. Er setzt auf seine neueste Kreation, einen Hautverjüngungsapparat, den er in Anlehnung an seinen Namen „Cha Ness“ nennt. Damit, so ist er sich sicher, wird er geschäftlich wieder Fuß fassen können. Doch der Zweite Weltkrieg macht Karl einen Strich durch die Rechnung, und auch danach, als seine Maschine doch noch in Produktion geht, kann Karl Nessler nicht mehr an seine Erfolge der Vergangenheit anknüpfen. Bitter enttäuscht zieht er sich aus dem öffentlichen Leben zurück.

Nach und nach wird es einsam um Karl, auch innerhalb seiner eigenen Familie. Seit dem Tod seiner Frau, die bereits 1935 stirbt, lebt er allein. Seine Kinder, die ihre Schulzeit meist in Internaten verbringen und weit im Land verstreut leben, pflegen zu seiner Enttäuschung nur selten Kontakt zu ihrem berühmten Vater.

Durch enorm hohe Steuernachzahlungen sieht Karl Nessler sich gezwungen, seinen geliebten Landsitz „Deerpark" zu verkaufen. Für einige Zeit zieht der Einsiedler zu seiner Tochter nach West Virginia, packt jedoch bald wieder seine Koffer und lässt sich, wie gewohnt alleine, in New Jersey nieder.

Nur noch einmal wird sein Name in aller Munde sein: Drei Jahre vor seinem Tod würdigt ihn eine amerikanische Frauenorganisation als wichtige Persönlichkeit des Jahrhunderts, „weil er den Frauen aus der ganzen Welt Schönheit gebracht hat"[4]. Karl Nessler, der Erfinder der Dauerwelle, stirbt am 22. Januar 1951 einsam in seiner Wohnung in Harrington Park, New Jersey.

Hermann Hesse erhält 1946 den Nobelpreis für Literatur.

HERMANN HESSE

(1877–1962)

INSPIRIERENDER WORTKÜNSTLER

„Ich habe mein Leben gehabt ... aber ich bin doch immer allein geblieben."[1]

9. März 1916. In Schockstarre sitzt der hagere Mann um die vierzig mit Brille und kurzgeschorenem Haar im Zugabteil von Zürich nach Bern. Er muss schnellstens in den Schwarzwald, nach Calw. Traurig und in sich versunken rasen Gedanken durch seinen Kopf. Es sind Erinnerungen – an seine

Kindheit in Calw, an die verwinkelten Gassen, an die Berge, den Fluss, den Wald, an alles, was er so liebte, und an den gottergebenen, strengen, zuletzt kranken Vater, den er einst so hasste und dann immer mehr zu lieben begann. Mit dem er sich als Heranwachsender in bösen Briefwechseln erbitterte Kämpfe lieferte und dem er damals, mit fünfzehn, sogar seinen Selbstmord androhte. „Sehr geehrter Herr!", schrieb er verzweifelt aus Maulbronn, „darf ich Sie (…) um einen Revolver bitten (...) Und wenn ich ein Verbrechen begehe, sind nächst mir Sie schuld, Herr Hesse!"[2], klagt er an. „Ich gehorche nicht und werde nicht gehorchen"[3], hört er sich auch sagen. Unverstanden und allein, so hat sich Hermann als Heranwachsender gefühlt, genau wie sein strenggläubiger, pietistischer Vater.

Es ist der schlimmste Tag seit Langem im Leben des so erfolgreichen Schriftstellers, seit er in Zürich die traurige Nachricht erfährt, dass sein Vater verstorben sei – vierzehn Jahre nach dem Tod der Mutter Marie. Während der Zug sich in Bewegung setzt, „schlug mir' s tausendmal dumpf und öd ins Ohr: Dein Vater ist tot. Jetzt hast du keinen Vater mehr."[4]

Zwei Tage später wird Hermann Hesse in Calw an seinem Totenbett sitzen, ihm symbolisch noch einmal die Stirn kühlen, wie er es früher tat, wenn der Vater ihn darum bat. Und er wird seine kalten Hände halten. Außer dem Trauring des Vaters, den ihm seine Schwestern schenken, will Hermann nichts.

Als Hermann Hesse wieder abreist, stürzen ihn schwermütige Gedanken in die Depression – die Beerdigung, seine gescheiterte Ehe, sein schwerkranker jüngster Sohn, seine gemütskranke Frau. Sein Leben, so scheint es ihm, ist eine einzige Katastrophe. Zu Hause in Bern angekommen erleidet der Schriftsteller einen Nervenzusammenbruch. Eine Psychoanalyse wird ihn retten. Und so wird die „Höllenreise durch mich selbst"[5], wie er diese Zeit nennt, der Wendepunkt seines Lebens.

Seine berühmtesten Werke werden in der Folgezeit entstehen: „Demian", unter seinem Pseudonym Emil Sinclair verfasst, die indische Dichtung „Siddharta", „Klingsors letzter Sommer", „Der Steppenwolf", „Narziß und Goldmund" und „Das Glasperlenspiel". „Suche den Weg nach innen", „Sei du selbst", „Fange bei dir an" sind die Botschaften, die er in seinen Büchern zum Ausdruck bringt.

Hermann Hesse, der Berührer, der Suchende, der Wanderer und Zweifler, der sich mehr als einmal den Tod herbeiwünscht, hinterlässt tiefe Spuren in den Seelen seiner Leser. Generationen sind elektrisiert, werden sich mit den Gedanken und Lebensweisheiten seiner Protagonisten identifizieren. Viele wollen ihr eigenes Leben danach ausrichten. Posthum wird Hermann Hesse in den 1970er-Jahren, besonders in den USA, zum Guru einer ganzen Hippie-Generation.

Die Werke des Schriftstellers, Lyrikers und Nobelpreisträgers sind bis heute in mehr als siebzig Sprachen übersetzt – mit einer Auflage von etwa 150 Millionen Exemplaren weltweit. „Ich will entweder Dichter oder gar nichts werden"[6], rebelliert Hermann Hesse bereits als 13-Jähriger gegen seine Eltern, die etwas ganz anderes für ihren Sohn im Sinn haben.

Hermann Hesse wird am 2. Juli 1877 in Calw an der Nagold im Nordschwarzwald geboren und wächst mit seinen fünf Geschwistern in einem Haus am Marktplatz auf. Das geistige Leben in der Kleinstadt Calw ist vom Pietismus geprägt, so auch das der weltbewanderten Großfamilie Hesse. Vater Johannes, ursprünglich Baltendeutscher aus Estland, war Missionar in Indien, Mutter Marie, eine Missionarstochter, wurde in Indien geboren. Der gebildete und belesene Großvater, Hermann Gundert, ein schwäbischer Theologe, spricht Hindustani und überträgt indische Versepen ins Deutsche.

Schon früh ist der junge Hermann fasziniert von der Welt, die sich ihm in der Bibliothek seines Großvaters auftut.

Aus der Glasvitrine lachen indische Götzen, es riecht nach Pfeife, Kaffee und alten Büchern. Menschen aus verschiedenen Ländern gehen hier aus und ein. Hermann hört Französisch, Englisch, Indisch, Malayisch oder Dänisch. Ein Magier, ein Weiser, so sieht er Großvater Gundert, der den Calwer Verlagsverein leitet, bei dem auch Hermanns Vater arbeitet.

Doch es herrscht auch Düsterkeit im Hause Hesse. Die Welt der Mission, der Dienst an Gott sowie die Furcht vor ihm und vor der Sünde sind für den jungen Hermann allgegenwärtig. Pflicht, Fleiß und ein Leben nach der Heiligen Schrift – ein Muss auch für die Kinder der Hesses. „Wir lebten unter einem strengen Gesetz", schreibt Hesse später, „das von jungen Menschen (...) sehr misstrauisch dachte und unsere angeborenen Gaben, Talente, Fähigkeiten keineswegs zu fördern bereit war."[7]

Hermann Hesse gilt als schwieriges, eigensinniges Kind. Er will sich nicht fügen wie seine Geschwister. Er stiehlt Feigen in Nachbars Garten, legt Feuer und lügt. Am liebsten ist er alleine und in der Natur, rennt gern über Wiesen, durch Butterblumen und Mohn. Klein und machtlos dagegen fühlt er sich in der „stinkenden Schule"[8], die er nicht mag und als Zwang empfindet. Doch Hermann dichtet gern, schon als kleiner Junge.

Er geht, ganz nach Familientradition, in die Lateinschule in Calw, dann, nach bestandenem Landexamen, mit vierzehn ans elitäre Evangelische Seminar in Maulbronn. Denn für die Eltern steht fest: Pfarrer oder Lehrer soll Hermann werden und für die nächsten vier Jahre Hebräisch, Griechisch, Französisch und Latein büffeln.

Nach außen passt sich Hermann an, doch nach innen begehrt er auf, packt nach nur sieben Monaten seine Sachen und läuft davon. Seine Eltern halten den eigensinnigen Sohn für unnormal, erklären den Jungen gar für verwirrt, ja verrückt, sind ratlos und stecken den nun 15-Jährigen nach einem missglückten Selbstmordversuch in die Nervenheilanstalt nach Stetten. Die Diagnose: „Melancholie“, „primäre Verrücktheit“.

Hermann schreibt flehende Protestbriefe nach Hause, will hier nicht bleiben, legt sich mit seinem Vater an, fordert einen Revolver und gibt ihm die Schuld an seiner Verzweiflung. Der Vater aber fordert Sitte und Pflicht statt Lust und Neigung. Im Frühjahr 1892 wechselt Hermann schließlich aufs Gymnasium nach Cannstatt, bricht aber schon nach einem Jahr die Schule wieder ab. Viel lieber liest er in Eigenregie Heine, Gogol, Turgenew und Eichendorff.

Einer Buchhändlerlehre in Esslingen setzt der junge Hesse nach drei Tagen ein abruptes Ende, er macht ein Mechaniker-Praktikum bei der Calwer Turmuhrenfabrik Perrot und entschließt sich 1895 doch noch einmal zu einer Lehre – in der Heckenhauer'schen Buchhandlung in Tübingen, wo er bis 1899 als Sortimentsgehilfe arbeitet. Nebenbei betreibt er literarische Selbstbildung, liest Brentano, Tieck, Schleiermacher, Schlegel, Klopstock, vor allem Goethe. Er schreibt seine ersten Bücher, die auch dem jungen Rilke gefallen. „Romantische Lieder“ und „Eine Stunde hinter Mitternacht“ publiziert er auf eigene Kosten. Nach seiner Lehre arbeitet er als Buchhandelsgehilfe in Basel bei der Buchhandlung Reich und verfasst Rezensionen für verschiedene Tageszeitungen.

Bis ihn 1903 der Verlag Samuel Fischer entdeckt, für den Hermann eine Geschichte zu Ende bringt, an der er schon länger schreibt. „Peter Camenzind“, der Werdegang eines Schweizer Jungen aus den Bergen, der in der Stadt Literat wird und dann wieder zurückkehrt, macht Hermann Hesse über Nacht berühmt, vor allem bei der Jugend. Das Buch ist so erfolgreich, dass der junge Mann gut zwei Jahre von seinen Einkünften leben kann. Dem 27-Jährigen kommt dieses Geld gerade recht. Denn er hat auf einer Italienreise die neun Jahre ältere Schweizer Fotografin Maria Bernoulli, kennengelernt und heiratet sie – gegen den Willen seines

Schwiegervaters – noch im selben Jahr. „Es lebe Peter Camenzind", schreibt Hesse an seinen Freund Stefan Zweig. „Ohne ihn hätte ich nicht heiraten können."[9]

Das junge Paar zieht in ein altes Bauernhaus nach Gaienhofen am Bodensee. „Es war die erste Zuflucht meiner jungen Ehe, die erste legitime Werkstatt meines Berufes"[10], wird Hesse später sagen. Hier werden nicht nur seine drei Söhne geboren, sondern er vollendet hier auch den Roman „Unterm Rad", in dem er die bedrückenden Erlebnisse seiner Schulzeit verewigt. Maler und Musiker der Region gehen bei ihm ein und aus, und obwohl Hesse die Zeit in Gaienhofen zunächst genießt und wenig später ein eigenes Haus für sich und seine Familie baut, zieht es ihn mehr und mehr fort.

Er flieht aus der Idylle in die esoterische Künstlerkolonie Monte Verità oder macht Abenteuerreisen – bis nach Indien. „Ich gäbe meine linke Hand dafür, wenn ich wieder ein armer, froher Junggeselle wäre, der nichts hat als 20 Bücher, ein paar Reservestiefel und eine Schachtel heimlicher Gedichte"[11], schreibt er in einem Brief.

Ab 1912 lebt die Familie in Bern in einer stattlichen Villa mit einem Garten ganz nach Hermann Hesses Geschmack. Doch schon länger liegen dunkle Schatten auf dem Familienleben. Bei seiner seit Jahren schwermütigen Frau Mia wird Schizophrenie diagnostiziert, sein Sohn erkrankt schwer, und Hermann Hesse will lieber heute als morgen alles hinter sich lassen.

Als der Erste Weltkrieg ausbricht und er in einem Artikel im November 1914 gegen die Verteufelung der Gegner des Deutschen Reichs anschreibt, wird Hesse von Künstler- und Schriftstellerfreunden als Vaterlandsverräter beschimpft. Viele distanzieren sich von ihm. Bald schon geht der Verkauf seiner Werke drastisch zurück. Da hilft auch nicht, dass Theodor Heuss Partei für den Schriftsteller ergreift. Hesse fühlt sich diffamiert. Als im März 1916 sein Vater stirbt, schlittert Hermann endgültig in eine tiefe Krise. Aus seinen leidvollen Erfahrungen heraus entsteht sein Roman „Demian".

Als der Krieg zu Ende geht, trennt sich Hermann Hesse schließlich von seiner Familie. Seine Frau ist bereits in einer Klinik, seine Söhne bringt er bei Freunden unter. Hesse, nun fast mittellos, zieht sich in die Einsamkeit zurück. In Montagnola, einem kleinen Bergdorf im Tessin, in einer Wohnung hoch oben über dem Luganer See, will er ganz neu anfangen. Endlich wieder nur Dichter sein, sonst nichts.

In nur wenigen Wochen schreibt er „Klingsors letzter Sommer", genießt das Dasein und rettet sich mit Schreiben und Malen in ein neues Kapitel seines Lebens, in das sehr bald die zwanzigjährige Gesangsschülerin Ruth Wenger tritt, die für kurze Zeit seine zweite Frau wird. Die schwierige Ehe, von vornherein zum Scheitern verurteilt, endet 1927. Dazwischen entstehen „Siddhartha" und „Der Steppenwolf", „Narziß und Goldmund" folgt 1930. Hesse ist jetzt dreiundfünfzig und lebt mit seiner dritten, achtzehn Jahre jüngeren Frau Ninon in einem Haus mit weitläufigem Garten, das ihm ein Gönner auf Lebenszeit überlässt.

Nach der Machtergreifung Hitlers 1933 wird Hesses Haus Zufluchtsort und Durchgangsstation für unzählige Emigranten aus Deutschland, darunter Bertolt Brecht und Thomas Mann, mit dem ihn seit Jahrzehnten eine tiefe Freundschaft verbindet. „Das Glasperlenspiel", das während der Zeit des Nationalsozialismus in Deutschland nicht erscheinen kann, ist Hermann Hesses letztes großes Werk. Nach dem Krieg trägt es dem Autor 1946 den Nobelpreis ein, den der publikumsscheue Literat nicht selbst entgegennimmt. Er lässt seinen Dank ausrichten und vertraut allein seiner Frau Ninon in einem Brief an, was er wirklich denkt: „Der Teufel hole den verfluchten Kram!"[12] Hermann Hesse stirbt in den Morgenstunden des 9. August 1962 in Montagnola.

Theodor Heuss wird 1949 erster Präsident der Bundesrepublik Deutschland.

THEODOR HEUSS

(1884–1963)

TIEFGRÜNDIGER DENKER

„Die Deutschen müssen beim Wort Demokratie ganz von vorne anfangen im Buchstabieren."[1]

„Du Lausbub, du elendiger! Was hasch' du g'macht?"[2], empört sich der brummelnde Herr mit der sonoren Stimme in breitem Schwäbisch, als sein kleiner Sohn ihm kurz vor dem Ausflug mit dem Familienauto stolz verkündet, er habe etwas Feines angestellt: Nicht nur sein Gesicht, sondern das ganze

Auto samt Reifen habe er mit Mutters neuer, weißer Wundercreme eingerieben, „damit die Räder glatt und geschmeidig bleiben"[3] – genau wie seine Haut. „Die ganze Schachtel?"[4], erschrickt die Mutter und lässt ihre Tonlage Silbe für Silbe höher steigen. Schnaubend und seine Stimme erhebend, beginnt jetzt auch der Vater mit Konsequenzen zu drohen, als sein aufkommender Wutausbruch sogleich mit einem schallenden „April April!" unterbrochen wird.

„Aus! Gekauft!", würde der Regisseur im heutigen Fachjargon seinen Protagonisten zufrieden zurufen, denn die schwäbische Familienszene ist keine reale, sondern spielt in einem Radiostudio in Berlin im Jahre 1935. Der neue Nivea-Werbespot ist fertig. Ausgedacht, getextet und aufgenommen unter der Regie von Elly Heuss-Knapp. Der Mann, der dem Vater in der Radiowerbung seine Stimme leiht, ist kein Geringerer als Ellys Ehemann und späterer Bundespräsident Theodor Heuss. Als Deutschland in Schutt und Asche liegt und es darauf ankommt, wieder Vertrauen in der Welt zu gewinnen, wird er derjenige sein, der den richtigen Ton trifft und mit Stil, Geist, Würde und Humor den Glauben an die Zukunft verkörpert.

Noch aber ist Theodor Heuss weit davon entfernt, auch nur zu ahnen, dass er einmal als Präsident das höchste Amt eines neuen Staatsgebildes ausüben wird. Was im Jahre 1935 aussieht wie ein vergnüglicher Ausflug in die Werbewelt, ist für den 51-jährigen Journalisten und liberalen Politiker Heuss aus tiefer Not heraus geboren. Elly Heuss-Knapp hält mit Werbung wie dieser die Familie über Wasser, denn die Zeiten sind hart für sie, Theodor und Ernst Ludwig, ihren gemeinsamen Sohn.

Theodor Heuss ist den Nazis ein Dorn im Auge. Zwar ist er zum Zeitpunkt seines Gastausflugs in die Werbung noch Herausgeber der Zeitschrift „Die Hilfe", die einen sozialen Liberalismus vertritt und in der er anonym in Glossen gegen den neuen Zeitgeist anschreibt. Doch die Einnahmen sind bescheiden, und der Druck, unter dem er steht, ist groß. Die Zeitschrift, da ist sich Heuss sicher, steht kurz vor dem Aus.

Propagandaminister Joseph Goebbels, den Heuss 1931 als „kleinen Rheinländer“[5] tituliert, dessen Seelenbild nach Psychoanalyse schreie, hat ihn höchstpersönlich im Visier. Heuss' Demokratieverständnis? „Zahnloses Gestammel eines Senil-Liberalismus“[6], geifert der Propaganda-Chef. Mehrmals wird Heuss ins Ministerium zitiert, mehrmals wird ihm mit Haftstrafen gedroht.

Seine Dozentur an der Hochschule für Politik und sein Reichstagsmandat hat Heuss unter dem Druck der Nationalsozialisten längst verloren. Denn deren antidemokratische Taktik zeigt der liberale Politiker schon früh auf: in seinen Zeitungsartikeln und Reichstagsreden und in seinem Buch „Hitlers Weg“, das ab 1932 erfolgreich in acht Auflagen erscheint und ins Schwedische, Niederländische sowie Italienische übersetzt wird. Ein Jahr später, wenige Monate nach Hitlers Machtantritt, wird es zusammen mit mehreren anderen von Heuss' Schriften verboten und verbrannt.

Heuss zieht sich in ein erzwungenes Nischendasein zurück und schlägt sich, als man ihm das Publizieren schließlich ganz verbietet, dennoch schreibend durch die Diktatur. In diesen Jahren des politischen Abseits macht er sich mit einer Reihe von Biografien einen Namen – über den Industriellen Robert Bosch, den Zoologen Anton Dohrn, den Baumeister Hans Poelzig, den Chemiker Justus Liebig sowie über sein politisches Idol Friedrich Naumann.

Dank der lukrativen Werbeeinnahmen von Elly Heuss-Knapp, die so selbstbewusst wie ideenreich mit ihrer Erfindung von „Jingles“ und koketten Texten für Produkte wie Nivea, Erdal, Kaffee Hag, Blaupunkt und Persil die Radiowerbung revolutioniert, kann die Familie ihr Haus in Berlin und das Studium des Sohnes finanzieren. Ab 1941 erschließt sich Heuss mit Veröffentlichungen in der Frankfurter Zeitung dann doch noch eine regelmäßige Einnahmequelle. Er schreibt jetzt vor allem biografische Studien und Buchbesprechungen, anonym, aber auch unter seinem Pseudonym Thomas Brackheim. Er wählt diesen Namen in Anlehnung an seinen Geburtsort.

Theodor Heuss wird am 31. Januar 1884 im beschaulichen Oberamtsstädtchen Brackenheim bei Heilbronn geboren. Hier, im ländlichen Weinbau-Ambiente, wächst der kleine Theodor in unmittelbarer Nachbarschaft zum württembergischen Schloss mit seinen beiden älteren Brüdern Ludwig und Hermann auf. Als Vater Louis Heuss, Regierungsbaumeister für den Straßenbau, zum Leiter des städtischen Tiefbauamts aufsteigt, zieht die Familie 1890 ins nahegelegene Heilbronn, wo der so begabte wie beliebte Schüler Theodor das Karlsgymnasium besucht. Trotz guter Noten empfindet er die Schule als Martyrium.

Viel mehr Anregung erfährt der Heranwachsende in seinem Elternhaus. Schon als kleiner Junge und Schüler kommen Theodor und seine Geschwister mit einem freiheitsliebenden und demokratischen Gedankengut in Berührung, das tief in der Familie verankert ist. Vater Louis führt Theodor heran an die Dichter des Vormärz, erzählt von Ferdinand Freiligrath, Georg Herwegh und Georg Büchner. Leidenschaftlich macht sich Theodor über die Bibliothek seines Vaters her. Wöchentlich, so ist aus seinen Einträgen aus der Jugendzeit zu lesen, werden es über zwei Bücher sein, darunter auch Erzählungen, Novellen, Dramen, Abhandlungen und Gedichte.

Auch für die Kunst interessiert sich Theodor sehr. Stets mit Stiften, Feder und Zeichenblock bewaffnet, zieht er mit seinem Vater und den Geschwistern in die Natur und zeichnet, was ihn auf Wanderungen durch die Schwäbische Alb, den Schwarzwald oder Odenwald landschaftlich bewegt. Bereits als Schüler hält er mit Begeisterung Vorträge über moderne Entwicklungen in der Kunst. Und auch später, als der Student, Journalist und Politiker Heuss kreuz und quer durch Deutschland reist, hat er stets den Zeichenstift parat. „Von Ort zu Ort – Wanderungen mit Stift und Feder" wird eines seiner Bücher heißen.

1902 geht der Abiturient Theodor Heuss nach München, will vergleichende Sprachwissenschaften studieren. Doch ist er von einer Vorlesung Lujo Brentanos so begeistert, dass er sich neben dem Studium der Kunstgeschichte für das noch junge Fach Nationalökonomie entscheidet, in dem er auch seine Doktorarbeit über den Weinbau in Heilbronn verfasst.

Während eines Aufenthalts in Berlin trifft Heuss den Mann, bei dem er seine politische Heimat findet und unter dessen Ägide er nach seinem Studium seine journalistische und politische Laufbahn beginnt. Der Theologe und Politiker Friedrich Naumann, der linksliberale gesellschaftliche Reformen fordert, bietet dem jungen Heuss eine Stelle als leitender politischer Redakteur der Zeitschrift „Die Hilfe" an. „Es schien", schreibt Heuss später rückblickend über sein Idol, „daß Friedrich Naumann alle Fragen spürte, die ein junges Herz beunruhigten."[7]

Heuss wird Mitglied der linksliberalen „Fortschrittlichen Volkspartei" und vertritt in Artikeln und Essays einen sozial gefärbten Wirtschaftsliberalismus. Im Hause Friedrich Naumanns lernt er auch seine Frau Elly Knapp kennen, die selbstbewusste, fröhliche und in gleichen Kreisen ebenfalls politisch aktive Lehrerin und Tochter eines bekannten Straßburger Sozialökonomen. Nachdem die beiden am 11. April 1908 von Albert Schweitzer, einem Jugendfreund der Braut, getraut werden, führen sie von Anfang an eine für die Zeit ungewöhnlich gleichberechtigte Partnerschaft.

1912 wird Theodor Heuss Chefredakteur der Neckar-Zeitung in Heilbronn, ein willkommener Karrieresprung für den schreibgewandten Journalisten, der jetzt auch für eine Familie zu sorgen hat. Zusätzlich übernimmt Heuss auch die Redaktion der politisch-literarischen Wochenzeitschrift „März", die der Schriftsteller und Pazifist Hermann Hesse bis

1912 mit herausgibt und die sich kritisch mit dem wilhelminischen Obrigkeitsstaat auseinandersetzt.

Das Ende des Ersten Weltkriegs und der Zusammenbruch des Kaiserreichs führen Theodor Heuss und seine Familie nach Berlin. Heuss ist Gründungsmitglied der Deutschen Demokratischen Partei, wird in Schöneberg 1919 zum Bezirksverordneten gewählt und 1924 im Alter von vierzig Jahren jüngster Abgeordneter des Reichstags. Darüber hinaus wird Heuss Dozent an der Hochschule für Politik und engagiert sich im Deutschen Werkbund, der sich für handwerkliche und industrielle Qualität einsetzt und dessen Geschäftsführung er nach dem Krieg übernimmt. Zudem bringt er ein Buch über die Geschichte der Demokratie heraus, Betrachtungen, die in einem Schlusskapitel „Demokratie als Lebensform" münden.

Ab 1933 muss sich Heuss schmerzlich damit arrangieren, dass seine vielseitige Karriere unter nationalsozialistischem Druck einem jähen Ende zugeht. „Vielleicht bin ich museumsreif", fragt er sich in Zeiten des Berufsverbots deprimiert, doch fügt er sogleich hinzu: „Resignieren? Das dürfen wir nicht."[8] Seine zahlreichen Biografien, die in dieser Zeit entstehen, sind Zeugnis dafür.

Nach Kriegsende beginnt die zweite, noch größere Karriere des Theodor Heuss. Die Amerikaner berufen den liberalen Journalisten im September 1945 zu einem der Lizenzträger der Rhein-Neckar-Zeitung in Heidelberg. Die Deutschen, sagt Theodor Heuss damals, müssten beim Buchstabieren des Wortes „Demokratie" ganz von vorne anfangen. So verfasst er Artikel, mit denen er die Bevölkerung für ihre demokratischen Rechte und Pflichten sensibilisieren will. Heuss wird Kultusminister in Württemberg-Baden und gehört 1948/49 dem Parlamentarischen Rat an, der das Grundgesetz ausarbeitet und in dem er die Präambel und den Begriff „Bundesrepublik Deutschland" durchsetzt. Als er am 12. September 1949 zum ersten Bundespräsidenten gewählt wird, heißt es im Pariser „Le Figaro“ treffend: „Er hat etwas von einem Poeten und Pastor, von einem Doktor Faust und einem Beethoven.“[9]

Harmonierend und ausgleichend avanciert er zur moralischen Instanz, spricht Klartext, nennt die nationalsozialistischen Verbrechen beim Namen und prägt den Begriff der „Kollektivscham“, mit dem er die Deutschen zur moralischen Verantwortung ermahnt. Gleichzeitig versteht er es zu motivieren, indem er an die guten Traditionen Deutschlands anknüpft und seine liberalen und kulturellen Errungenschaften in den Mittelpunkt stellt.

Heuss macht es zur Chefsache, nationale Symbole in einen demokratischen Kontext zu überführen. 1951 ruft er das Bundesverdienstkreuz ins Leben. Mit dem Versuch, die Nationalhymne durch einen anderen Text und eine andere Melodie zu ersetzen, scheitert er jedoch.

In seinen zwei Amtszeiten als Bundespräsident erlangt Theodor Heuss enorme Popularität. Während der 1950er-Jahre formt sich das Bild des liebevollen „Papa Heuss“ mit Hut, Spazierstock, Zigarre und Lemberger. Er selbst hat ein zweischneidiges Verhältnis zu dieser Rolle. „Verkitscht mich nicht!“, ermahnt er seine Bewunderer. Doch das Image als Vaterfigur bleibt neben seinen Verdiensten um die junge Bundesrepublik im historischen Gedächtnis.

Theodor Heuss, der nach Ende seiner zweiten Amtszeit von Bonn in sein Haus nach Stuttgart zieht und seine Memoiren schreibt, stirbt nach längerer Krankheit am 12. Dezember 1963. Sein Grab liegt auf dem Waldfriedhof neben dem seiner Frau Elly, die bereits 1952 verstarb.

Oskar Schlemmer macht 1922 in Stuttgart mit seinem „Triadischen Ballett“ Furore.

OSKAR SCHLEMMER

(1888–1943)

EIGENWILLIGER AVANTGARDIST

„Ich sagte (Gropius), dass ich über Ballettröckchen brüte.“[1]

In Oskar Schlemmer brodelt es. Soll er oder soll er nicht? Eine Einladung liegt vor. Walter Gropius, der frisch gebackene Direktor des Staatlichen Bauhauses in Weimar, bietet ihm an, dort zu lehren und mitzuwirken. Er, Gropius, stelle ihm ein Atelier zur Verfügung. Er wolle junge Künstler um sich scharen, um seine Ideen einer neuen, vielfältigen Kunst weiterzuentwickeln und in die Welt hinauszutragen. Und auch, um eine Phalanx zu bilden gegen jene Strömungen, die ihn aufhalten wollen, ihm Steine in den Weg legen. Die hochkarätigsten zeitgenössischen Künstler der Avantgarde habe er schon verpflichten können: Wassily Kandinsky, Paul Klee, Lyonel Feininger, Johannes Itten. Jetzt fehle nur noch einer – er: Oskar Schlemmer.

Die Einladung, ans Bauhaus nach Weimar zu gehen, ist im Jahre 1920 nur eine von vielen Verlockungen für Oskar Schlemmer. Der ehemalige Meisterschüler der Stuttgarter Akademie der Künste, der in Cannstatt wohnt, geht zur Zeit vollkommen auf in seinen Betrachtungen und Skizzen zu einer experimentellen, ganz neuen Form des Tanzes, dem „Triadischen Ballett", das einige Jahre später in Stuttgart Furore machen und als herausragende, moderne Tanzkunst Weltgeschichte schreiben wird. Auch möchte er gerne ausstellen. Ein begeisterter Stadtmuseumsdirektor hat seine Arbeiten gesehen und will ihn haben. Ein Freund hat sich unweit von Dresden mit einer Stoffdruckfabrik niedergelassen. Vielleicht will er für ihn Entwürfe machen, und außerdem ist Schlemmer fest entschlossen, dieses Jahr noch zu heiraten: Helena Tutein, die er liebevoll „Tut" nennt, das Mädchen mit den Goldaugen und der großen Schrift.

So lässt sich Oskar Schlemmer Zeit mit seiner Antwort und Walter Gropius wissen, dass er derzeit „noch über Balletträckchen brüte, bis ins Frühjahr in Tänze verstrickt sei, die er mitten im Werden nicht lassen könne"[2]. Erst einige Monate später – nach einer Reise nach Weimar zu Gropius – reift der reizvolle Gedanke allmählich zu einem festen Entschluss. Gegen Ende des Jahres schreibt Schlemmer enthusiastisch an seine Gattin Tut: „Alle hier nehmen mein Kommen für so endgültig und selbstverständlich, dass ich selbst nichts anderes mehr denke."[3]

Seine Zusage, als einer der ersten Formmeister am Staatlichen Bauhaus zu lehren, wird für den vielseitigen Stuttgarter Freigeist das Sprungbrett zu einer großen Künstlerkarriere, die fulminant startet und durch die Nationalsozialisten jäh und schmerzhaft endet. Der Maler, Zeichner, Bühnenbildner, Plastiker, Grafiker und Wandgestalter Oskar Schlemmer, der den Menschen als „Maß aller Dinge“ in den Mittelpunkt seiner Werke rückt, der mit einer neuen Formensprache ein ideales Menschenbild schaffen will, malt sich gegen Ende seines Lebens, krank und desillusioniert, vom Hellen ins Dunkle.

In einem Brief an seine Frau Tut vom November 1919 enthüllt er, was ihn Zeit seines Lebens im Innern trägt: „Ich habe mein Werk und ich trachte nicht nach Glück. Ich hatte immer eine Scheu vor dem Glücklichsein.“[4] Kunst, alles Beste, so erklärt Schlemmer ihr weiter, werde aus Leid geboren, und genau wie Christus oder Buddha sei auch er bereit, sein Glück einer Mission zu opfern, nämlich: „Das eine zu schaffen, das mehr ist als die, die es schufen.“[5] In der Kunst, betont Schlemmer, glaube er an diesen Satz.

Alles beginnt im Jahre 1888. Wenige Wochen, nachdem Bertha Benz mit ihrer legendären Autofahrt von Mannheim nach Pforzheim Schlagzeilen macht, kommt der kleine Oskar Schlemmer am 4. September als jüngstes von sechs Kindern in Stuttgart zur Welt. Seine Eltern versterben früh, und so wächst der Vollwaise bei seinen älteren Schwestern Wilma und Henriette in Göppingen auf.

Aus finanziellen Gründen muss der Heranwachsende 1903 die Realschule verlassen und geht als kunstgewerblicher Zeichner bei der Stuttgarter Intarsienwerkstatt „Wölfel & Kießer“ in die Lehre. Anschließend verbringt er ein Semester an der Stuttgarter Kunstgewerbeschule und studiert danach an der Akademie der Bildenden Künste Malerei, Zeichnen und Kompositionslehre bei namhaften Künstlern der Zeit: Robert Poetzelberger, Christian Speyer, Christian Landenberger oder Friedrich von Keller. Während des Studiums entstehen Schlemmers erste Selbstporträts, die er

„Männlicher Kopf“ nennt, sehr realistisch gehalten, noch weit weg von der späteren Hinwendung zum Abstrakten.

Hier, an der Akademie, entwickeln sich auch die lebenslangen Freundschaften mit dem Schweizer Maler und Grafiker Otto Meyer-Amden und mit Willi Baumeister, der wie Schlemmer zu einem der bedeutendsten Künstler der Moderne avancieren wird. Doch zunächst malt der junge Oskar noch Landschaften und Häuser, Bilder seiner schwäbischen Heimat.

1911 zieht es ihn nach Berlin, wo er zwei Jahre lebt. Ein Muss für den aufstrebenden Künstler. Berlin, Paris, Wien und München – das sind die aufkommenden Zentren der Moderne. Hier tummelt sich die europäische Avantgarde: Klee, Picasso, Kandinsky, Chagall, Max Ernst. Und überall bahnt sich die Kunst ihren Weg ins Abstrakte. Schlemmer ist jetzt freier Maler, stellt aus, ist begeistert vom Kubismus eines Pablo Picasso, den Arbeiten eines Cézanne und schließt sich dem „Sturm“-Kreis um Herwarth Walden an, Galerist und Herausgeber der wichtigsten Zeitschrift des Expressionismus. In dieser Zeit entstehen auch Schlemmers erste Notizen und Skizzen zu Tanzexperimenten.

Zurück in Stuttgart wird er 1913 Meisterschüler des Malers Adolf Hölzel, einem der großen Wegbereiter der Moderne. Inspiriert durch die Berliner Zeit beschäftigt sich Oskar Schlemmer immer intensiver mit der Formensprache der Malerei und der Abstraktion. Auch mit der menschlichen Figur: Wie kann der Mensch zu Form werden? Entpersönlicht, allgemeingültig? Wie ist das Verhältnis von Figur und Raum? Wessen Gesetz soll gelten? Für ihn ganz zentral, was den Tanz betrifft, von Anfang an. Er will weg vom gewöhnlichen „Tu-Tu“, weg vom höfischen Ballett, denn das sei tot, vertraut er seinem Tagebuch an. Vielmehr will er etwas Neues, Zeitgemäßes schaffen, nach vorne treiben, die Lust des Menschen am bunten Spiel, an der Verkleidung, der Vermummung und Verstellung ebenso wie den Sinn für das

Festliche und den „farbigen Abglanz für dieses Leben"[6] darstellen.

Über all diesen Fragen und Gedanken brütet Schlemmer im Hinterhaus seiner Cannstatter Wohnung, als Gropius ihn ans Bauhaus holen will. Oben im Haus, im großen Saal mit Tanzbühne, hängen bereits die fertig genähten Kostüme für Schlemmers Vision vom neuen Ballett. Sehr futuristisch. Schon lange arbeitet er daran und sucht auch in der Musik nach neuen, zeitgenössischen Ausdrucksformen. Gerade hat er Kontakt zu dem jungen Musiker Paul Hindemith in Frankfurt geknüpft, mit dessen Musik er seine Choreografie vertonen will.

Oskar Schlemmer hat die Idee, Tanz, Musik, und Bildende Kunst zusammenzuführen – eine Synthese aller Künste in Form eines „Triadischen Balletts". Alles soll eine Dreiheit bilden: die Grundformen Dreieck, Kreis, Quadrat; die Medien Kostüm, Tanz und Musik; die Elemente Raum, Form und Farbe; die Raumdimensionen Höhe, Breite, Tiefe; sowie die drei Grundfarben Rot, Blau, und Gelb. Eine Tänzerin und zwei Tänzer sollen zwölf Tänze in achtzehn futuristischen Kostümen tanzen, so plant der Künstler. Es sind Figurinen aus Holz, Metall, Pappmaché und – ganz neu – aus Gummi, Draht, Aluminium und biegsamem Glas, Materialien, die die Bewegungen der Tänzer bewusst einschränken sollen. Wie Marionetten sollen sie sich bewegen, aussehen wie lebende Plastiken, dazu ein mechanisches Orgelspiel, um so eine neue, noch nie dagewesene Form des Tanzes zu kreieren.

Bis das „Triadische Ballett", das noch viele Phasen der Gestaltung durchlaufen wird, am 30. September 1922 im württembergischen Landestheater Stuttgart Premiere hat, pendelt ein vielbeschäftigter Oskar Schlemmer – mittlerweile Formmeister am Bauhaus bei Gropius – zwei Jahre lang zwischen Weimar und Stuttgart hin und her. Die Aufführung ist ein großer Erfolg und Oskar Schlemmer als „Virtuose der Form"[7] in aller Munde. Die Frankfurter Zeitung beispielsweise prophezeit: „Der Grund ist gelegt zu einem ganz modernen Ballett, das wirklich Kunst ist."[8] Und in einem Brief an seinen Freund Otto-Meyer Amden schreibt ein überglücklicher Oskar Schlemmer: „Der Erfolg des Balletts war rauschend – bis heute, weil es etwas Derartiges (noch nicht gab)."[9] Den Leuten gefiele es, so erklärt er überzeugt, weil es „eine Linie hielt vom Konventionellen bis zum Abstrakten"[10] und meilenweit entfernt sei vom „Dekorationskitsch der Revuen"[11].

Bauhaus – das ist nicht nur die Zusammenführung von Handwerk und Kunst, sondern auch ein Lebensgefühl. Alles ist neu, revolutionär, ein Kampf der Geister um neue Formen, Materialen und Farben. Quadrat oder Kreis, Rot oder Blau? Ein Kollektiv, ein „lustiges Völkchen", das zusammen lebt und arbeitet. Man hat einen Bauhaus-Gruß, eine Bauhaus-Band, ein Bauhaus-Lied, das man sich hin und wieder auf der Straße zupfeift, wenn man sich sieht. Und man feiert legendäre Feste, an deren Planungen Oskar Schlemmer jedes Mal großen Anteil hat. „Sage mir, wie du Feste feierst, und ich werde dir sagen, wer ich bin"[12], lautet eines der Credos der Bauhaus-Gemeinschaft.

Insgesamt verbringt Schlemmer neun Jahre seines Lebens am Bauhaus, zieht von Weimar nach Dessau, dann nach Breslau. Für Schlemmer sind es die produktivsten und erfolgreichsten Jahre für sein vielseitiges künstlerisches Schaffen. Zwischen 1923 und 1929 entstehen einige seiner berühmten Wandbilder, Skulpturen und Reliefs.

Neben der Weiterentwicklung des „Triadischen Balletts" leitet er die Bauhaus-Bühne und die Bildhauerklassen „Holz" und „Stein". Er erarbeitet seine grundlegenden Theorien für den Kurs „Der Mensch" und ist mit Ausstellungen in Berlin und Dresden sowie als Bühnenausstatter an der Berliner Volksbühne einer der gefragtesten Künstler und Lehrmeister der Moderne. Ganz konzentriert auf die Beziehung zwischen Mensch und Raum konstruiert er vor allem in seinen Bildern und Bühnenwerken Positionen und Perspektiven der Personen zueinander. „Ich bin innerlich voller Figur“[13], vertraut er in jenen Zeiten erfüllt seinem Tagebuch an.

Doch die Katastrophe ist nicht mehr weit. Ab 1930 wird die Situation für viele Künstler unter dem starken Einfluss der Nationalsozialisten immer prekärer. Noch kann Schlemmer Bilder verkaufen und als Professor arbeiten. Doch bald wird sein Wandgemälde im ehemaligen Bauhaus in Weimar zerstört und die Akademie in Breslau geschlossen. In der Zeit der wachsenden Repressalien malt der gedemütigte Künstler allem zum Trotz sein wohl bekanntestes Werk: 1932 entsteht die Bauhaustreppe, eine Hommage an das Bauhaus, das im gleichen Jahr schließen muss.

Mit der Machtübernahme der Nationalsozialisten 1933 steht Oskar Schlemmer endgültig vor dem Ende seiner Karriere. Er wird erst beurlaubt, dann aus dem Staatsdienst entlassen. „Es ist verbrecherisch, im Künstler die Schaffensfreude und künstlerische Freiheit zu ertöten“[14], prangert er an und schreibt einen Protestbrief an Joseph Goebbels. Vergeblich. 1935 beginnt eine nicht mehr endende Leidenszeit. Schlemmer zieht sich zunächst resigniert ins südbadische Eichberg zurück und malt heimlich weiter. „Ich komme vom Hellen (...) und gehe ins Dunkel (...). Das ‚Ideal hochhalten' fällt schwer.“[15]

1937 wird auch Oskar Schlemmers Kunst als „entartet“ eingestuft, fünfundsechzig seiner Arbeiten werden von den Nazis beschlagnahmt, einige bei der Münchener Ausstellung „Entartete Kunst“ gezeigt – eine Demütigung, von der sich Schlemmer nie mehr erholen wird. Zutiefst getroffen zieht er sich in den Schwarzwald zurück, züchtet Schafe, deren Wolle er in einen Betrieb nach Hagnau liefert, der daraus Teppiche macht. Mit anderen verfemten Künstlern arbeitet er zwischenzeitlich in einer Lackfabrik in Wuppertal.

Es geht ihm nicht gut. Er hat Diabetes, ist geschwächt. Zudem muss er sich mit den Machthabern arrangieren. Er hat den Auftrag, den Gaskessel in Stuttgart für angreifende Flugzeuge zu tarnen, ein Szenario, das er 1941/1942 noch in einem Fensterbild verarbeitet. Nach kurzer Krankheit stirbt Oskar Schlemmer im darauffolgenden Jahr. Bis heute räumt das Museum of Modern Art in New York dem Künstler einen zentralen Platz ein.

Otto Dix' Triptychon „Der Krieg" ist ein Hauptwerk der „Neuen Sachlichkeit".

OTTO DIX

(1891–1969)

SCHONUNGSLOSER GESELLSCHAFTSCHRONIST

„Der Maler ist das Auge der Welt."[1]

Wie jeden Morgen sitzt Otto Dix, nachdem er die Post gewissenhaft erledigt hat, in diesen Tagen in seinem Atelier und malt. Während er mit einem Kittel bekleidet vor seiner Staffelei steht und die Farben mischt, lugt sein achtjähriger Sohn Jan durch den Spalt der etwas offen stehenden Ateliertür, tritt ein und schaut ihm eine Weile zu oder kramt zuweilen im begehrten Werkzeugkasten des berühmten Vaters. Otto Dix hat es gern, wenn die Kinder ihn im Atelier besuchen und hier spielen, während er, tief versunken in seine Arbeit, gar nicht merkt, dass die Asche seiner Zigarette, die längst heruntergebrannt ist, von selbst abfällt.

Die Landschaft, die der Künstler aus seinem breiten, nach Osten ausgerichteten Atelierfenster im ersten Stock seines Hauses in Hemmenhofen tagtäglich beim Malen sieht, ist ein Panorama, das seinesgleichen sucht: Kilometerweit erstreckt sich der Blick vom Hang hinab über Baumwipfel, Dächer und den Untersee – bis hinüber zum Schweizer Ufer und hinein in die Silhouette der dahinter liegenden, geruhsamen Bergwelt. „Ein (...) Paradies. Zum Kotzen schön"[2], beschreibt der Maler die Idylle am Bodensee, die er seit seiner Ankunft auf Schloss Randegg 1933 immer wieder in seinen Bildern verewigt.

Doch diese Idylle trügt. Wirtschaftlich geht es Otto Dix schlecht. Er hat Ausstellungsverbot, hält seine Familie mit Landschaftsmalereien über Wasser und lebt im inneren Exil, hier, in Hemmenhofen, wo er bis zu seinem Tode bleiben wird. Lieber heute als morgen will er zurück in die Großstadt, nach Dresden oder Berlin, zurück in die Gassen und Cafés, wo ihm alles so nah ist, wo der Stoff für seine Bilder förmlich auf der Straße liegt.

Aber die Zeiten sind schwierig für Künstler wie Otto Dix. Die Nazis haben ihn ausgebremst. Das, was er in seinen Bildern schonungslos darstellt und die „Neue Sachlichkeit" nennt, wird ihm im Dritten Reich endgültig zum Verhängnis: seine Kriegsbilder und Radierungen, Schreckensbilder, in die er zerfetzte Leichen oder skelettierte Soldaten malt und auf denen er die Schlachtfelder in ihrer Grässlichkeit zeigt; seine in Rot gehaltenen Hurenporträts; und auch seine Großstadtmalereien, in denen er in schrillen Farben makabere Kriegskrüppel und Prostituierte neben einer Charleston tanzenden Vergnügungsgesellschaft inszeniert.

Es ist 1936, und längst haben die Nazis den Maler als einen der ersten Professoren der Dresdener Kunstakademie entlassen, seine Bilder als „entartet" diffamiert und manche kurzerhand verbrannt. Auch in Hemmenhofen wird Dix ständig von der Gestapo überwacht. In einem Brief an einen befreundeten Kunsthändler in New York schreibt der Künstler zwei Jahre zuvor aus Randegg: „Wenn man jetzt arbeitet, ist es, als wenn man für ein künftiges Jahrhundert arbeitet. Allen offiziellen Heutigen ist man ein Scheul und Greuel."[3]

Provoziert hat Dix mit seinen Bildern schon immer. Der Chronist des Krieges und des Großstadtlebens, der Porträt- und Landschaftsmaler und spätere religiöse Künstler ist bereits zu Lebzeiten einer der vielseitigsten und bedeutendsten Maler und Grafiker des 20. Jahrhunderts.

Schon als kleiner Junge sitzt er gelegentlich für seinen Vetter, einen deutlich älteren Kunstmaler, Modell und ist elektrisiert von der Atmosphäre in dessen Atelier: „Der herrliche Duft der Ölfarben und Lacke vermischt mit dem Duft des Tabakrauches (...), dazu die schönen Farben (...) weckten schon als kleiner Junge in mir den Wunsch Maler zu werden."[4]

Wilhelm Heinrich Otto Dix wird am 2. Dezember 1891 in Gera-Untermhaus als Ältestes von vier Geschwistern in eine Arbeiterfamilie hineingeboren. Vater Ernst ist Eisenformer in einer Fabrik, Mutter Pauline Louise, die aus Württemberg stammt, Näherin. In zwei Zimmern des Hauses gleich neben der alten gotischen Kirche wächst der junge Otto auf, der sich auch in hohem Alter noch gerne an die prägenden Gerüche seiner Kindheit erinnert: an Petroleum und den Kaffee im Laden des Onkels, an den warmen Duft von frischem Brot beim Bäcker, an den Geruch der Schweineställe oder der Wäsche im Hinterhof.

Seine Lieblingsplätze sind die nahen Ufer der Elster oder der angrenzende Stadtwald, wo er seinem botanischen Interesse nachgeht und Schmetterlinge, Vögel oder Käfer sammelt und bestimmt. Während seiner Schulzeit wird Otto von seinem Zeichenlehrer gefördert, der schnell das Talent des

Jungen erkennt und ihn am Wochenende zu Malexkursionen in die Natur mitnimmt. Erste Naturskizzen und Tierstudien entstehen, dann, mit vierzehn, beginnt Dix eine Lehre als Dekorationsmaler. Mit neunzehn malt er das Fabrikviertel in Gera, in dem sein Vater arbeitet, daneben entstehen Landschaftsbilder und erste Selbstporträts.

Im September 1910 wechselt der junge Mann – ein Stipendium des Fürsten von Reuß in der Tasche – an die Großherzoglich-Sächsische Kunstgewerbeschule in Dresden und studiert dort Ornament- und Naturmalen sowie Figurenzeichnen, beschäftigt sich mit den Techniken der alten Meister, liest begeistert Nietzsche, lernt nebenbei Esperanto. Und wieder malt er unzählige Selbstporträts auf der Suche nach sich selbst – die Augen skeptisch, die Stirn in Falten, der Blick präzise und sezierend.

1914. Mit Nietzsche und Zeichenutensilien im Gepäck zieht der sensationslustige 23-jährige Dix freiwillig in den Krieg. Trotz aller Schrecken, die er erlebt, will er diese Zeit nicht missen. Scheußlich, aber gewaltig sei der Krieg, doch man müsse den Menschen in diesem entfesselten Zustand gesehen haben, um wirklich etwas über ihn zu wissen, so Dix, der Realist, Jahrzehnte später in einem Interview über seine traumatischen Erfahrungen an der Front.

In Kampfpausen zeichnet er – unermüdlich hält er in wenigen Strichen schonungslos Momentaufnahmen des erlebten Grauens fest. Über sechshundert Zeichnungen in drei Kriegsjahren werden entstehen, ein Kriegstagebuch mit Texten dazu. Die Auseinandersetzung mit dem Erlebten bleibt auch nach Kriegsende zentrales Thema in Dix' Kunst und macht ihn Anfang der 1920er-Jahre auf einen Schlag nicht nur bekannt, sondern auch zur Zielscheibe der Kritiker und Konservativen.

Nach dem Krieg kehrt der junge Maler zunächst zurück nach Dresden, diesmal an die Kunstakademie. Der aufstrebende Meisterschüler bewohnt bald ein Atelier am Antonsplatz, mitten im Strudel der künstlerischen Avantgarde Dresdens, zu der er sich selbst zählt. Otto Dix sieht sich als Expressionist, gründet die Gruppe 1919 mit, stellt aus, etabliert sich bald auch in Dadaisten-Kreisen und ist 1920 mit einigen Bildern auf der bedeutenden Ersten Internationalen Dada-Messe in Berlin vertreten, u. a. mit seinem sarkastischen Werk „Kriegskrüppel", einem Aufmarsch von an Armen und Beinen amputierten Kriegsversehrten mit halbentstellten Gesichtern – schon hier Anklänge der Neuen Sachlichkeit.

Exzentrisch und lebenshungrig – sich selbst malt er in dieser Zeit als smarten Dandy – stürzt sich Dix ins Großstadtleben und dokumentiert in seinen Bildern vor allem die Extreme der Gesellschaft. „Ich bin Augenmensch (…) deshalb nehme ich in meinen Bildern immer wieder Stellung, zeige, was (…) ist und was um der Wahrheit willen gesagt werden muss"[5].

Schauplätze sind die Straße, der Ballsaal, das Bordell, die Cafés. Der Künstler porträtiert Spießbürger und exzentrische Tänzerinnen und immer wieder auf seine ganz eigene, schonungslose Art die Opfer der Weimarer Republik: Arbeitslose, Kriegskrüppel und Prostituierte. Sein „Großstadt"-Triptychon aus den Jahren 1927/28, in dem Otto Dix vieles davon vereint, wird eines seiner berühmtesten großformatigen Gemälde.

Nicht selten bringt ihn seine Malerei in Schwierigkeiten. 1922 kommt es zu einem Gerichtsprozess vor dem Landgericht Berlin wegen des Gemäldes „Mädchen vor dem Spiegel", das aufgrund seiner exponierten Hässlichkeit einer alternden Hure Anstoß erregt und direkt aus einer Ausstellung heraus beschlagnahmt wird. In den Augen der Justiz gilt es als „unzüchtig". Ganz im Gegenteil habe er die Dinge noch gar nicht verheerend genug dargestellt, verteidigt sich Dix. „Ich hielt es für notwendig, den Körper so wiederzugeben, dass jeder (…) die Notwendigkeit einsieht, dass derartige Zustände (…) beseitigt werden."[6]

Dix kann das Gericht überzeugen und gewinnt den Prozess. Doch der nächste Skandal lässt nicht lange auf sich warten. Sein Gemälde „Schützengraben", ein grauenvolles Schlachtfeld von zerfetzten Leichen, zu einem Gebirge aufgetürmt, löst 1923 einmal mehr einen Sturm der Entrüstung aus. Zu diesem Zeitpunkt lebt Dix bereits in Düsseldorf und bewegt sich in Kreisen der Kunsthändlerin Johanna Ey, die die Crème de la Crème der rheinischen Avantgarde um sich schart, unter ihnen Max Ernst, Gert Wollheim, Adolf Uzarski oder Arthur Kaufmann.

Dix gibt sich gern als Charmeur und legt großen Wert auf sein Äußeres. In Düsseldorf lernt der junge Maler auch Martha Koch, seine spätere Frau, kennen. Beim Porträtieren verlieben sie sich ineinander, auch die gemeinsame Leidenschaft fürs Tanzen bringt sie einander näher. Martha, unglücklich verheiratet und bereits Mutter zweier Kinder, trifft in Dix die Liebe ihres Lebens. Die beiden heiraten 1923, noch im gleichen Jahr kommt Nelli, das erste ihrer gemeinsamen drei Kinder, zur Welt.

Dix verewigt Martha – und auch seine Kinder – in vielen seiner Porträts. Sie ist die Frau mit dem dunklen Bubikopf, die auf einem der späteren Fotoporträts so herausfordernd in die Kamera schaut. Dix, der „souveräne Prolet"[7], wie er sich selbst rückblickend nennen wird, bewegt sich dank der aus großbürgerlichen Verhältnissen stammenden Martha nun in höheren Gesellschaftskreisen.

1925 nimmt der Maler, der jetzt mit seiner Familie in Berlin lebt, an der Mannheimer Wanderausstellung „Neue Sachlichkeit" teil und avanciert gemeinsam mit Max Beckmann zum Hauptprotagonisten dieser Kunstströmung. 1927 nimmt Otto Dix als Nachfolger Oskar Kokoschkas eine Professur an der Dresdener Kunstakademie an. Doch sein 1932 vollendetes Triptychon „Der Krieg" ist den Nazis, denen seine Kunst schon lange ein Dorn im Auge ist, zu viel. 1933 endet Dix' Karriere jäh. Entlassung, Diffamierung, Ausstellungsverbot, Flucht an den Bodensee und ständige Überwachung durch die Gestapo bestimmen ab jetzt sein Leben.

Eine Emigration ins Ausland ohne seine geliebten Bilder, von denen der Künstler im Laufe seines Schaffens das eine oder andere wieder zurückkaufen wird, kommt für den Maler nicht infrage. Der Großstadtmensch Dix muss sich nun arrangieren – auch mit der Idylle und Einsamkeit am Bodensee. Bis 1939 reist er einmal im Jahr, meistens im Winter, zum Malen nach Dresden.

Dann, im November 1939, ein weiterer Schock: Otto Dix wird von der Gestapo verhaftet und eingesperrt. Man wirft ihm vor, am Attentat auf Hitler im Münchener Hofbräuhaus-Keller beteiligt gewesen zu sein. Doch aus Mangel an Beweisen kommt der Künstler wieder frei. Gegen Kriegsende muss er dann doch noch – zum Minensuchen abkommandiert – an die Front und gerät für ein Jahr in der Nähe von Colmar in französische Kriegsgefangenschaft, bis er 1946 deprimiert und verbittert nach Hemmenhofen zurückkehren kann.

Ab jetzt wendet sich Dix biblischen Motiven zu, malt Klassiker der christlichen Ikonografie und setzt sich vor allem mit der Figur Jesus Christus auseinander. Er arbeitet gegen dessen Verklärung an, streitet mit den Dorfpfarrern in endlosen Diskussionen. Unzählige Selbstbildnisse entstehen.

Und Dix führt sein Doppelleben weiter. Schon lange hat er heimlich eine zweite Familie in Dresden: seine Geliebte Käthe König und die gemeinsame Tochter. Zwei Familien in zwei deutschen Staaten, die sich in den kommenden Jahrzehnten um den Künstler streiten werden.

Otto Dix, der in seiner letzten Lebensphase zahlreiche Ehrungen in Ost- und Westdeutschland erfährt, hat zeitlebens Angst vor dem Tod. Er stirbt am 25. Juli 1969 an den Folgen eines Schlaganfalls im Krankenhaus Singen. Bis heute schmückt sein 1960 entstandenes, fünf mal zwölf Meter großes Wandgemälde „Krieg und Frieden“ den Ratssaal der Stadt am Hohentwiel.

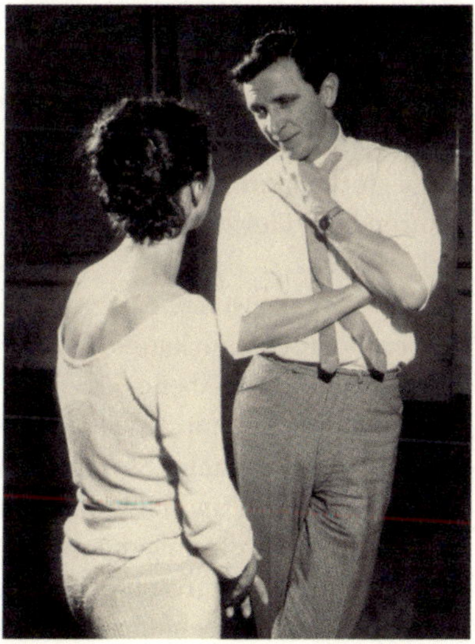

John Cranko führt das Stuttgarter Ballett zu Weltruhm.

JOHN CRANKO

(1927–1973)

VIRTUOSER CHOREOGRAF

„Er war der Poet des Tanzes."[1]

Ein sichtlich dynamischer und gut gelaunter, schlanker Mann überquert die Rollbahn des Flughafens in Philadelphia und steigt in die Sondermaschine, die ihn und seine Ballett-Kompagnie nach einer triumphalen Amerika-Tournee zurück ins heimatliche Stuttgart bringen soll. Noch berauscht vom grandiosen Erfolg des gestrigen letzten Gastspielabends nimmt der überglückliche Ballettdirektor John Cranko seinen Platz in der ersten Sitzreihe vorne rechts ein, den

Kopf schon wieder voller neuer Ideen für zukünftige Ballettstücke. Ausgelassen scherzt er mit seinen Tänzern, die sich nach und nach neben und hinter ihm platzieren, und lässt gemeinsam mit ihnen das gestrige fröhliche Abendessen und die beglückenden Eindrücke der Tournee Revue passieren. Während das Flugzeug gen Startbahn rollt und in den Himmel abhebt.

John Cranko ist mehr als zufrieden und so freudig erregt, dass er nicht schlafen kann. Eine Tablette soll ihm zur Ruhe verhelfen. Es ist der Abend des 26. Juni 1973. Was der beliebte Choreograf nicht ahnt: Es werden die letzten Momente seines Lebens sein. Wenige Stunden später ist John Cranko tot. Er stirbt plötzlich und leise an einem allergischen Schock, verursacht durch die eingenommene Schlaftablette. Dramatische Szenen spielen sich über dem Atlantik ab, in denen Cranko's Tänzer vergeblich versuchen, sein Leben zu retten. Im Krankenhaus in Dublin, wo die Maschine notgedrungen zwischenlandet, können die Ärzte nur noch seinen Tod bestätigen.

Die traurige Nachricht verbreitet sich wie ein Lauffeuer und schockiert nicht nur Stuttgart und die Kompagnie, sondern auch die ganze Welt. Statt ihren Triumph noch einmal in der Heimat zu feiern, kehren die von tiefer Trauer gezeichneten Tänzer nun mit dem Leichnam des Mannes zurück, den sie liebten und verehrten und dem sie ihren Weltruhm verdanken.

„Er war der größte Geschichtenerzähler in der Welt des Balletts“, beschreiben sie seine Kunst. „Jeder, der ihn kannte, liebte ihn“[2]. „Sein Leben und sein Werk“, so auch seine langjährige Primaballerina Marcia Haydée, „sind ein Meilenstein in der Ballettgeschichte. Er war ein außerordentlicher Mensch, den man nur einmal im Leben trifft.“[3]

Humorvoll, sensibel, enthusiastisch, sich leidenschaftlich seiner Kunst und den Menschen um ihn herum hingebend, erweckt John Cranko ab 1961 die Stuttgarter Ballettszene aus ihrem Dornröschenschlaf und setzt frische, moderne Akzente. Cranko's Lebensfreude und Heiterkeit, die er im Ensemble versprüht, zeigen sich auch in seinen Choreografien, besonders in seinen hochgelobten Pas de deux.

Marcia Haydée, Richard Cragun, Egon Madsen und Birgit Keil – so heißen die jungen Stars der Kompagnie, denen das Publikum zu Füßen liegt. Mit ihnen werden John Cranko und das Stuttgarter Ballett Weltgeschichte schreiben. „Romeo und Julia", „Der Widerspenstigen Zähmung", „Onegin" und „Schwanensee": Cranko's berühmt gewordene Handlungsballette, deren Choreografien begeistern, ihn mit seinem Ensemble um die ganze Welt führen und ihnen den Ruf als „Stuttgarter Ballettwunder" einbringen, stehen bis heute auf dem Spielplan des Staatstheaters. Dabei führt John Cranko's Weg eher zufällig in die württembergische Landeshauptstadt.

John Cyril Cranko wird am 15. August 1927 in Rustenburg, Südafrika, geboren. Schon als kleiner Junge wächst er mit Geschichten aus der Welt des Balletts auf. So wie andere Kinder Märchen erzählt bekommen, erzählen John's Eltern ihm mit Begeisterung und in aller Ausführlichkeit von den Ballettaufführungen, die sie in London gesehen haben. Oder blättern mit ihm des Abends in Bildbänden, die sie von ihrer Reise mitgebracht haben. Dies allerdings, wird John später sagen, sei die einzige Gemeinsamkeit seiner Eltern gewesen, denn der Junge wächst in eher spannungsgeladenen Familienverhältnissen auf.

John ist zehn Jahre alt, als sich seine Eltern schließlich trennen. Der Heranwachsende, der zunächst bei seiner Mutter lebt, später dann bei seinem Vater in Johannesburg, beginnt sich fürs Theater zu interessieren, baut sich Bühnen aus Pappkartons, formt Pfeifenreiniger zu Tänzern und lässt diese „auftreten". Mit zwölf entdeckt er seine Liebe zu einem kleinen Marionettentheater, das er von einem Freund seines Vaters geschenkt bekommt. Mit seiner wachsenden Anzahl an Pfeifenreiniger-Tänzern inszeniert der Junge auf der kleinen Bühne ein Stück nach dem anderen.

Später, da er als Jugendlicher anfängt, sich auch für Musik zu interessieren, kauft er sich als Erstes eine Ballettschallplatte: Seine Wahl fällt auf Igor Strawinskys „Feuervogel". Und noch während sich der junge Cranko die Musik anhört, sieht er in seiner Fantasie den Balletttanz dazu. „Ich glaube", wird er in einem Interview kurz vor seinem Tod sagen, „diese Phantasievorstellungen (…) erweckten in mir den Wunsch, Choreograph zu werden."[4]

Mit sechzehn setzt John bei seinem Vater durch, alleine nach Kapstadt zu gehen, um sich an der Ballettschule der Cape Town University ausbilden zu lassen. Auf dem Stundenplan des umfassenden, dreijährigen Studiums stehen außer dem Fach Ballett auch Kurse in Pas de deux, Repertoire, Ballettgeschichte, Bühnenkunde, Beleuchtung und Ballettmusik. Schon hier erweist sich das Talent des ehrgeizigen Studenten. Bald schon darf er seine erste Oper choreografieren: Igor Strawinskys „Geschichte vom Soldaten". „Er schüttelte die choreografischen Ideen nur so aus dem Ärmel"[5], schreibt ein damaliger Förderer, dem John auch gleich eine fertige Kollektion von Kostümentwürfen gedanklich mitliefert.

Zwei Jahre später kehrt der junge Cranko seiner Heimat für immer den Rücken, teils aus politischen Gründen – das Apartheid-System hat er nie akzeptiert –, teils weil er glaubt, seine beruflichen Ziele in England besser verwirklichen zu können. 1946 siedelt er ins Nachkriegs-London um, wo er beim Sadler's Wells Ballet tanzt, dem späteren Royal Ballet. Hier inszeniert der junge Tänzer neben kurzen, meist witzigen Balletten auch Opern, Revuen und ein Musical.

Schnell zeichnet sich Cranko in London als choreografische Hoffnung aus, brilliert mit Schnelligkeit und Flexibilität, wenn Inszenierungen kurzerhand über Bord geworfen werden und neue quasi über Nacht und im Handumdrehen entstehen müssen. So beauftragt ihn das Royal Ballet 1957 mit der Choreografie von Benjamin Britten's „Pagodenprinz", einem Stück, von dem sich John zwar keinen außerordentlichen Erfolg verspricht, das ihm aber neue Türen öffnet und ihn letztlich nach Stuttgart führt.

Der dortige Generalintendant Walter Erich Schäfer, der Cranko's Choreografie sah, erkennt das besondere Talent des jungen Südafrikaners, dem klassischen Ballett etwas Heiteres, Humorvolles und Modernes einzuhauchen. In seinen Stücken sprudelt es geradezu von neuen Ideen und originellen Schrittführungen. „Hier ist nicht nur Jugend und Zukunft, sondern hier ist das, was wir brauchen"[6], ist Schäfer überzeugt und bietet John Cranko umgehend die Leitung einer eigenen Kompagnie an. Ein verlockendes Angebot, das der aufstrebende, vor Feuereifer glühende Choreograf als seine Chance sieht, in der Ballettwelt eine eigene Handschrift auszuprägen.

Als Stuttgarts neuer Ballettmeister bringt der 34-Jährige ab 1961 neuen Schwung ins Haus. Cranko hat ehrgeizige Ziele. Er will eine unabhängige Kompagnie aufbauen, die sich nicht nur als Diener der Oper versteht. Und Cranko weiß, wie man ein Ballett-Ensemble schmiedet. Er hat die besondere Gabe, Talente zu entdecken, sie zu formen und zu fördern und die richtigen Stücke für sie zu finden.

Cranko erweist sich auch als herausragender Pädagoge. Er kann gut mit Menschen umgehen, sie führen und für seine Ideen begeistern. Auf einfühlsame Art und Weise schmiedet er so im Laufe der Zeit eine Tanztruppe, die seine Choreografien bis ins Detail geradezu intuitiv umsetzen wird. Legendär werden die Pas de deux der Marcia Haydée mit Richard Cragun, Ray Barra oder Heinz Claus. „Ohne das tiefe Verständnis zwischen Tänzer und Choreograph", so Cranko später über das Geheimnis seines Erfolgs, „wird es kein anspruchsvolles Ballett geben"[7].

In den zwölf Jahren seiner Zeit am Stuttgarter Ballett gelingt es Cranko, eine Atmosphäre des Vertrauens zu schaffen, die seine Tänzer zusammenschweißt, beflügelt und das Optimum aus ihnen herausholt. Er habe nicht mit Angst, sondern mit Liebe regiert, schreibt seine Primaballerina Marcia Haydée über den Führungsstil ihres Freundes und Förderers. So kommt ein Ballettdirektor Cranko auch ohne Schreibtisch und Arbeitszimmer aus. Seine Konferenzen finden meist in der Kantine statt, manchmal in den Gängen des Theaters, im Trainingssaal oder auf der Probebühne, im Gehen, im Stehen, im Kauern in der Ecke. Für Cranko, der sein Leben lang alleine bleibt und sich oft unendlich einsam fühlt, wie seine Tänzer später schildern, ist das Ensemble die Familie und er selbst der Vater, zu dem jeder jederzeit kommen kann.

Seine Ansprüche an die Tänzer jedoch sind von Anfang an die allerhöchsten: „Man muss den goldenen Apfel immer so hoch hängen, dass die Leute ihn nicht erreichen können.“[8] Choreografieren, das ist für Cranko nicht nur „Komponieren mit menschlichen Körpern“[9], sondern auch die hohe Kunst, mit Tanz Geschichten zu erzählen – die ganze menschliche Gefühlsskala, ein „Abbild des Lebens selbst“[10], so John's Credo; ein Ballett für die Welt, dies sein Ziel.

Der große Durchbruch zum Weltruhm gelingt ihm im Dezember 1962 mit der Uraufführung von „Romeo und Julia“, die – von Kritikern und Publikum umjubelt – die große Ära des Stuttgarter Balletts einläutet. Mit zunehmendem Ruhm tourt Cranko im Laufe der Jahre mit seinem Ensemble bald in der ganzen Welt: in den USA, Israel, Paris und in der Sowjetunion; neben „Romeo und Julia“ mit Strawinskys „Feuervogel“ und Puschkins „Onegin“, Shakespeares „Der Widerspenstigen Zähmung“, Bizets „Carmen“ oder „Initialen R.M.B.E.“, einem Stück von ihm selbst über Freundschaft, Liebe und Verbundenheit nach einer Musik von Johannes Brahms. Mit diesem Stück wird der Ballettmeister seinen Musen Richard Cragun, Marcia Haydée, Birgit Keil und Egon Madsen ein Denkmal setzen.

Cranko denkt immer auch in die Zukunft. Er holt moderne Choreografen nach Stuttgart, fördert zusammen mit der Noverre-Gesellschaft, einer Vereinigung von Stuttgarter Ballettliebhabern, junge Nachwuchstalente und eröffnet – ein Herzenswunsch von ihm – das erste westdeutsche Ballettinternat, das später zu seinem Andenken in „John Cranko-Schule“ umbenannt werden wird.

Seinen eigenen Tod, so schreibt Walter Erich Schäfer in einer Erinnerung an ihn, habe er sich oft so ausgemalt: „Mitten aus dem Leben, mitten aus der Arbeit, mitten aus dem Lachen heraus hinfallen und nichts mehr wissen.“[11] So war der Tod, der John Cranko hoch über dem Atlantik so unerwartet ereilte, vielleicht genau so, wie er selbst es wollte: auf dem Höhepunkt seines Erfolgs inmitten seiner geliebten Kompagnie.

In einem feierlichen Akt wird der Vater des „Stuttgarter Ballettwunders“ auf dem Friedhof nahe des Schlosses Solitude beigesetzt. Unter seinen Nachfolgern, erst Glen Tetley, dann Marcia Haydée und Reid Anderson, die das Andenken an John Cranko in Ehren halten, zählt das Stuttgarter Ballett bis heute zur Weltspitze.

QUELLENNACHWEIS

JOHANNES KEPLER
(*1571, Weil der Stadt; †1630, Regensburg)

Verwendete Literatur

Bialas, Volker: Johannes Kepler. C.H. Beck, München 2004.
Hoeth, Thomas: Dem Himmel verfallen. Silberburg, Tübingen 2012.
Lemcke, Mechthild: Johannes Kepler. Rowohlt, Hamburg 1995.

Anmerkungen

1 http://geboren.am/person/johannes-kepler
2 Lemcke, Mechthild: Johannes Kepler. Rowohlt, Hamburg 1995, S. 69
3 http://www.kepler-museum.de
4 Lemcke, Mechthild: Johannes Kepler, S. 104

PETER THUMB
(*1681, Bezau/Österreich; †1767, Konstanz)

Verwendete Literatur

Gubler, Hans-Martin: Der Vorarlberger Barockbaumeister Peter Thumb. Ein Beitrag zur Geschichte der süddeutschen Barockliteratur. Thorbecke, Sigmaringen 1972.

Anmerkungen

1 Gubler, Hans-Martin: Der Vorarlberger Barockbaumeister Peter Thumb. Ein Beitrag zur Geschichte der süddeutschen Barockliteratur. Thorbecke, Sigmaringen 1972, S. 10.
2 Ebd. S. 13
3 Ebd. S. 10

JOHANN RUDOLF ZUMSTEEG
(*1760, Lauda-Königshofen; †1802, Stuttgart)

Verwendete Literatur

Borgmann, Thomas: Fast vergessen: Der Mozart Württembergs. Erinnerungen an Johann Rudolf Zumsteeg. Stuttgarter Zeitung Nr. 22, 26.01.2002.

Landshoff, Ludwig: Johann Rudolf Zumsteeg (1760–1802). Forgotten Books, 2013.

Nägele, Reiner (Hrsg.): Johann Rudolf Zumsteg (1760–1802). Der andere Mozart? Begleitbuch zu einer Ausstellung in der württembergischen Landesbibliothek Stuttgart (9. Oktober bis 23. November 2002).

Paisiello, Giovanni: Johann Rudolf Zumsteeg. Eine kurze Biographie und ästhetische Darstellung seiner Werke. Bildungsbuch für junge Tonkünstler. Johann Karl Müller Verlag, Erfurt 1981.

Wölfel, Kurt: Friedrich Schiller. dtv, München 2004.

Anmerkungen

1 Nägele, Reiner (Hrsg.): Johann Rudolf Zumsteg (1760–1802). Der andere Mozart? Begleitbuch zu einer Ausstellung in der württembergischen Landesbibliothek Stuttgart (9. Oktober bis 23. November 2002), S. 13

2 Landshoff, Ludwig: Johann Rudolf Zumsteeg (1760–1802). Forgotten Books 2013. http://www.forgottenbooks.com/search?q=Ludwig+Landshoff&t=books, S. 86

3 Borgmann, Thomas: Fast vergessen: Der Mozart Württembergs. Erinnerungen an Johann Rudolf Zumsteeg. Stuttgarter Zeitung Nr. 22, 26.01.2002, S. 1

4 Nägele, Reiner (Hrsg.): Johann Rudolf Zumsteg (1760–1802). Der andere Mozart?, S. 21

5 Wölfel, Kurt: Friedrich Schiller. dtv, München 2004, S. 16

6 Landshoff, Ludwig: Johann Rudolf Zumsteeg, S. 32

7 Nägele, Reiner (Hrsg.): Johann Rudolf Zumsteeg (1760–1802). Der andere Mozart?, S. 13

8 Landshoff, Ludwig: Johann Rudolf Zumsteeg, S. 84

9 Paisiello, Giovanni: Johann Rudolf Zumsteeg. Eine kurze Biographie und ästhetische Darstellung seiner Werke. Bildungsbuch für junge Tonkünstler. Johann Karl Müller Verlag, Erfurt 1981, S. 8

JOHANN FRIEDRICH COTTA

(*1764, Stuttgart; †1832, ebenda)

Verwendete Literatur

Fischer, Bernhard: Johann Friedrich Cotta. Verleger-Entrepreneur-Politiker. Wallenstein Verlag, Göttingen 2014.

Holzwarth, Georg: Lasst uns nach Schwaben entfliehen. Goethes Welt – Das Leben von Johann Friedrich Cotta. SWR 2 Wissen, 1999.

Kaeding, Peter: Johann Friedrich Cotta: Die Hand über der ganzen Welt. Der Verleger der deutschen Klassik. Klett-Cotta, 2009.

Anmerkungen

1 Kaeding, Peter: Johann Friedrich Cotta: Die Hand über der ganzen Welt. Der Verleger der deutschen Klassik. Klett-Cotta, 2009, S. 481
2 Fischer, Bernhard: Johann Friedrich Cotta. Verleger-Entrepreneur-Politiker. Wallenstein Verlag, Göttingen 2014, S. 11
3 Holzwarth, Georg: Lasst uns nach Schwaben entfliehen. Goethes Welt – Das Leben von Johann Friedrich Cotta. SWR 2 Wissen, 1999
4 Ebd.
5 Kaeding, Peter: Johann Friedrich Cotta: Die Hand über der ganzen Welt. Der Verleger der deutschen Klassik, S. 481

JOHANN GOTTFRIED TULLA

(*1770, Karlsruhe; †1828, Paris)

Verwendete Literatur

Bernhard, Christoph: Die Rheinkorrektion. Die Umgestaltung einer Kulturlandschaft im Übergang zum Industriezeitalter. S. 76–81. In: Der Bürger im Staat. 50. Jahrgang, Heft 2, 2000.

Kieser, Clemens: „Kein Strom oder Fluss hat mehrere Arme nöthig". Denkmale zum Gedenken an Johann Gottfried Tulla, den „Bändiger des wilden Rheins". http://www.denkmalpflege-bw.de/fileadmin/media/publikationen_und_service/nachrichtenblaetter/2003-03.pdf

Rösch, Norbert: Die Rheinbegradigung durch Johann Gottfried Tulla. zfv4/2009, 134 Jg.

Tulla, Johann Gottfried: Über die Rectification des Rheins von seinem Austritt aus der Schweiz bis zu seinem Eintritt in das Großherzogtum Hessen. Karlsruhe, C. F. Müller, 1825.

Valdenaire, Arthur: Das Leben und Wirken des Johann Gottfried Tulla. In: Zeitschrift für die Geschichte des Oberrheins. N.F. Bd 42 (1929), S. 337–364; S. 588–616.

Zier, Hans Georg: Johann Gottfried Tulla. Ein Lebensbild. In: Badische Heimat, 50. Jg. H4. Verlag Braun, Karlsruhe 1970. S. 379–449.

Anmerkungen

1 Kieser, Clemens http://www.denkmalpflege-bw.de/fileadmin/media/publikationen_und_service/nachrichtenblaetter/2003-03.pdf
2 Zier, Hans Georg: Johann Gottfried Tulla. Ein Lebensbild. In: Badische Heimat, 50. Jg. H4 1970, S. 439
3 Valdenaire, Arthur: Das Leben und Wirken des Johann Gottfried Tulla. In: Zeitschrift für die Geschichte des Oberrheins, Bd. 42, 1929, S. 595
4 Ebd. S. 341
5 Ebd. S. 346

6 Tulla, Johann Gottfried: Über die Rectification des Rheins von seinem Austritt aus der Schweiz bis zu seinem Eintritt in das Großherzogtum Hessen, 1825, S. 30
7 Zier, Hans Georg: Johann Gottfried Tulla. Ein Lebensbild, S. 444

ALBRECHT LUDWIG BERBLINGER
(*1770, Ulm; †1829, ebenda)

Verwendete Literatur

Eyth, Max: Der Schneider von Ulm. Gerhard Hess Verlag, Ulm 1906.

Schmid, Uwe: Der geflügelte Mensch. DIE ZEIT Nr. 08/19.02.2011.

Schuler, Thomas: Der Tüftler von Ulm. Frankfurter Allgemeine Nr. 127/01.06.2011.

Thomas, Christian: Vogel für fünf Sekunden. Frankfurter Rundschau Nr. 124/28.05.2011.

Anmerkungen

1 http://www.ulm.de/ulmer_geschichte_der_schneider_von_ulm.89120.3076.html
2 Schuler, Thomas: Der Tüftler von Ulm. Frankfurter Allgemeine, Nr. 127/01.06.2011, S. N3
3 http://www.ulm.de/ulmer_geschichte_der_schneider_von_ulm.89120.3076.html
4 Schmid, Uwe: Der geflügelte Mensch. DIE ZEIT Nr. 08/19.02.2011
5 Ebd.
6 Ebd.
7 http://www.berblinger.ulm.de/html/berblinger_buerger

KARL DRAIS
(*1785, Karlsruhe; †1851, ebenda)

Verwendete Literatur

Amann, Klaus: Welche Lust, so dahin zu eilen, der Schwalbe gleich ... Ein Hörbild im Dialekt über den badischen Zweiraderfinder Karl Friedrich Drais von Sauerbronn. Südwestfunk, 07.10.1985.

Karlsruher Portraits. Karl (von) Drais: Erfinder des Zweirads. http://www.karlsruhe.de/b1/stadtgeschichte/biographien/drais.de

Lessing, Hans-Eberhard: Karl Drais. Zwei Räder statt vier Hufe. C. Braun Buchverlag, Karlsruhe 2010.

Anmerkungen

1 Amann, Klaus: Welche Lust, so dahin zu eilen, der Schwalbe gleich... Ein Hörbild im Dialekt über den badischen Zweiraderfinder Karl Friedrich Drais von Sauerbronn. Südwestfunk, 07.10.1985

2 Ebd.
3 Lessing, Hans-Eberhard: Karl Drais. Zwei Räder statt vier Hufe. C. Braun Buchverlag, Karlsruhe 2010, S. 68
4 Ebd. S. 68
5 Ebd. S. 68
6 Ebd. S. 122

FRIEDRICH HECKER
(*1811, Eichtersheim; †1881, Summerfield/USA)

Verwendete Literatur

Engelsing, Tobias: Revolutionär Friedrich Hecker. Mit Sense und Pistole für die Republik. In: ZEIT Geschichte Nr. 03/2010.

Freitag, Sabine: Biografie eines Republikaners. Transatlantische Historische Studien. Franz Steiner Verlag, Stuttgart 1998.

Haaß, Wolfgang: Betrachtungen über Friedrich Hecker anlässlich des 150. Jahrestages der Revolution von 1848, Gde. Angelbachtal, Angelbachtal 1998.

Hochstuhl, Kurt: Friedrich Hecker. Revolutionär und Demokrat. W. Kohlhammer, Stuttgart 2011.

Rügert, Walter: … es gilt in Baden loszuschlagen. Friedrich Hecker und die badische Revolution. Stadler, Konstanz 1998.

Witt, Werner: Auf der Scheideck scheitert der Heckeraufstand. SWR 2 Zeitwort, 20.04.2015.

Anmerkungen

1 Engelsing, Tobias: Revolutionär Friedrich Hecker. Mit Sense und Pistole für die Republik. In: ZEIT Geschichte Nr. 03/2010
2 Haaß, Wolfgang: Betrachtungen über Friedrich Hecker anlässlich des 150. Jahrestages der Revolution von 1848, Gde. Angelbachtal, Angelbachtal 1998, S. 5.
3 Freitag, Sabine: Biografie eines Republikaners. Transatlantische Historische Studien. Franz Steiner Verlag, Stuttgart 1998, S. 118
4 Engelsing, Tobias: Revolutionär Friedrich Hecker. Mit Sense und Pistole für die Republik. In: ZEIT Geschichte Nr. 03/2010
5 Witt, Werner: Auf der Scheideck scheitert der Heckeraufstand. SWR 2 Zeitwort, 20.04.2015
6 Ebd.
7 Freitag, Sabine: Biografie eines Republikaners, S. 35
8 Ebd. S. 37
9 Ebd. S. 37
10 Haaß, Wolfgang: Betrachtungen über Friedrich Hecker, S. 2
11 Ebd. S. 2

12 Ebd. S. 2
13 Hochstuhl, Kurt: Friedrich Hecker. Revolutionär und Demokrat. W. Kohlhammer, Stuttgart 2011, S. 26
14 http://www.offenburg.de/html/13_forderungen_des_volkes.html
15 Rügert, Walter: ...es gilt in Baden loszuschlagen. Friedrich Hecker und die badische Revolution. Stadler, Konstanz 1998, S. 39
16 Haaß, Wolfgang: Betrachtungen über Friedrich Hecker, S. 5
17 Ebd. S. 5
18 Freitag, Sabine: Biografie eines Republikaners, S. 136
19 Ebd. S. 147
20 Witt, Werner: Auf der Scheideck scheitert der Heckeraufstand. SWR 2 Zeitwort, 20.04.2015

GOTTLIEB DAIMLER

(*1834, Schorndorf; †1900, Stuttgart)

Verwendete Literatur

Etscheit, Georg: Der Tüftler im Glashaus. DIE ZEIT Nr. 15, 01.04.2004.

Kirchberg, Peter und Wächtler, Eberhard: Carl Benz, Gottlieb Daimler, Wilhelm Maybach. In: Biographien hervorragender Naturwissenschaftler, Techniker und Mediziner. Bd 52, Teubner Verlagsgesellschaft, 1983.

Raidt, Erik: Gottlieb Daimler und Robert Bosch. Von hier wird ein Stern aufgehen. Theiss, Stuttgart 2014.

Schildberger, Friedrich: Gottlieb Daimler und Karl Benz. Pioniere der Automobilindustrie. Musterschmid, Göttingen 1976.

Seiffert, Reinhard: Die Ära Gottlieb Daimlers. Neue Perspektiven zur Frühgeschichte des Automobils und seiner Technik. Vieweg und Teubner, 2009.

Anmerkungen

1 Raidt, Erik: Gottlieb Daimler und Robert Bosch. Von hier wird ein Stern aufgehen. Theiss, Stuttgart 2014, S. 98
2 Ebd. S. 98
3 Seiffert, Reinhard: Die Ära Gottlieb Daimlers. Neue Perspektiven zur Frühgeschichte des Automobils und seiner Technik. Vieweg und Teubner 2009, S. 64
4 Ebd. S. 69

FERDINAND GRAF VON ZEPPELIN
(*1838, Konstanz; †1917, Berlin)

Verwendete Literatur

Eckener, Hugo: Graf Zeppelin. Sein Leben nach eigenen Aufzeichnungen und persönlichen Erinnerungen. Cotta'sche Buchhandlung, Stuttgart 1938.

Engelsing, Tobias: Luftschiffe: Eine revolutionäre Idee. DIE ZEIT Nr. 34, 2013.

Haug, Gunter: Ferdinand Graf Zeppelin. Landhege 2013.

Moor, Joachim: Dem Himmel entgegen. Der Spiegel, 28.05.2013

Zindel, Udo: Graf Zeppelin und seine Luftschiffe. SWR 2 Wissen 2013.

Anmerkungen

1 Haug, Gunter: Ferdinand Graf Zeppelin. Landhege, 2013, S. 5
2 Ebd. S. 376
3 Engelsing, Tobias: Luftschiffe: Eine revolutionäre Idee. DIE ZEIT Nr. 34, 2013
4 Moor, Joachim: Dem Himmel entgegen. Der Spiegel, 28.05.2013 (http://www.spiegel.de/spiegel/spiegelgeschichte/d-96654009.html)
5 Eckener, Hugo: Graf Zeppelin. Sein Leben nach eigenen Aufzeichnungen und persönlichen Erinnerungen. Cotta'sche Buchhandlung, Stuttgart 1938. S. 109

CARL BENZ
(*1844, Mühlburg; †1929, Ladenburg)

Verwendete Literatur

Benz, Carl: Lebensfahrt eines deutschen Erfinders. Erinnerungen eines Achtzigjährigen. Leipzig 1925.

Kirchberg, Peter und Wächtler, Eberhard: Carl Benz, Gottlieb Daimler, Wilhelm Maybach. In: Biographien hervorragender Naturwissenschaftler, Techniker und Mediziner. Bd 52., Teubner Verlagsgesellschaft, 1983.

Raidt, Erik: Gottlieb Daimler und Robert Bosch. Von hier wird ein Stern aufgehen. Theiss, Stuttgart 2014.

Schildberger, Friedrich: Gottlieb Daimler und Karl Benz. Pioniere der Automobilindustrie. Musterschmid, Göttingen 1976.

Anmerkungen

1 Benz, Carl: Lebensfahrt eines deutschen Erfinders. Erinnerungen eines Achtzigjährigen. Leipzig 1925, S. 131
2 Ebd. S. 30

3 Ebd. S. 21f.
4 Schildberger, Friedrich: Gottlieb Daimler und Karl Benz. Pioniere der Automobilindustrie. Musterschmidt, Göttingen 1976, S. 60
5 Ebd. S. 76f.
6 Benz, Carl: Lebensfahrt eines deutschen Erfinders, S. 128

ROBERT BOSCH

(*1861, Albeck; †1942, Stuttgart)

Verwendete Literatur

Magazin zur Bosch-Geschichte. Sonderheft 1: Robert Bosch. Leben und Werk. S. 2 (Quelle: http://www.bosch.com/content2/publication_forms/de/downloads/SH1-07_de_aktuell.pdf)

Raidt, Erik: Gottlieb Daimler und Robert Bosch. Von hier aus wird ein Stern aufgehen. Theiss, Stuttgart 2014.

Anmerkungen

1 Magazin zur Bosch-Geschichte. Sonderheft 1: Robert Bosch. Leben und Werk. S. 2 (Quelle: http://www.bosch.com/content2/publication_forms/de/downloads/SH1-07_de_aktuell.pdf)
2 Ebd. S. 7
3 Raidt, Erik: Gottlieb Daimler und Robert Bosch. Von hier aus wird ein Stern aufgehen. Theiss, Stuttgart 2014, S. 145
4 http://www.bk-luebeck.eu/zitate-bosch-robert.html

GEORG KROPP

(*1865, Swinemünde; †1943, Wüstenrot)

Verwendete Literatur

Langer, Eberhard: Georg Kropp. Begründer des deutschen Bausparwesens 1865–1943. In: Kropp, Georg: Aus Armut zum Wohlstand. Schriftenreihe des Bausparmuseums Wüstenrot Bd. 1, Hess Verlag, Bad Schussenried 2012.

Anmerkungen

1 Langer, Eberhard: Georg Kropp. Begründer des deutschen Bausparwesens 1865–1943, S. 177. In: Kropp, Georg: Aus Armut zum Wohlstand. Schriftenreihe des Bausparmuseums Wüstenrot Bd. 1, Hess Verlag, Bad Schussenried 2012
2 www.gemeinde-wuestenrot.de/index.php?id=143&type=98
3 Langer, Eberhard: Georg Kropp, S. 174

CARL LAEMMLE

(*1867, Laupheim; †1939, Los Angeles/USA)

Verwendete Literatur

Bayer, Udo: It Can Be Done – Carl Laemmles Eintritt ins Filmgeschäft vor 100 Jahren. In: Heimatkundliche Blätter für den Kreis Biberach, 2006.

Gunkel, Christoph: Carl Laemmle: Der Erfinder Hollywoods. Spiegel Online 15.10.2011.

Gunkel, Christoph: Mister Universe. Spiegel Online, 24.09.2014.

Hoffmann, Till: Carl Laemmle: Ein Schwabe als Filmpionier in Hollywood. Augsburger Allgemeine, 09.06.2012.

Stanca-Mustea, Christina: Carl Laemmle. Der Mann, der Hollywood erfand. Osburg Verlag, Hamburg.

Anmerkungen

1 http://www.ggg-laupheim.de/Museum01.htm
2 Hoffmann, Till: Carl Laemmle: Ein Schwabe als Filmpionier in Hollywood. Augsburger Allgemeine, 09.06.2012
3 Stanca-Mustea, Christina: Carl Laemmle. Der Mann, der Hollywood erfand. Osburg Verlag, Hamburg, S. 25
4 Ebd. S. 25
5 Ebd. S. 25
6 Gunkel, Christoph: Mister Universe. Spiegel Online 24.09.2014
7 Gunkel, Christoph: Carl Laemmle: Der Erfinder Hollywoods. Spiegel Online 15.10.2011
8 Stanca-Mustea, Christina: Carl Laemmle. Der Mann, der Hollywood erfand, S. 84
9 Ebd. S. 94
10 Ebd. S. 202
11 Bayer, Udo: It Can Be Done – Carl Laemmles Eintritt ins Filmgeschäft vor 100 Jahren. In: Heimatkundliche Blätter für den Kreis Biberach, 2006, S. 20–37
12 Ebd.

KARL LUDWIG NESSLER

(*1872, Todtnau; †1951, Harrington Park/USA)

Verwendete Literatur

Dörflinger, Benno: Karl Ludwig Nessler. Erfinder der Dauerwelle. Sein Leben. Sein Werk.

Lehmberg, Hans: Karl Ludwig Nessler und die Erfindung der Dauerwelle. Kadabell Gmbh & Co. KG (Hrsg), 1986.

Anmerkungen

1 Dörflinger, Benno: Karl Ludwig Nessler. Erfinder der Dauerwelle. Sein Leben. Sein Werk, S. 2

2 Lehmberg, Hans: Karl Ludwig Nessler und die Erfindung der Dauerwelle, S. 34

3 Ebd. S. 75

4 Ebd. S. 88

HERMANN HESSE

(*1877, Calw; †1962, Montagnola/Schweiz)

Verwendete Literatur

Hesse, Hermann: Knulp. Drei Geschichten aus dem Leben Knulps. Suhrkamp, Frankfurt a.M. 1988.

Lahann, Birgit: Hermann Hesse. Dichter für die Jugend der Welt. Ein Lebensbild. Suhrkamp, Frankfurt a.M. 2002.

Michels, Volker: „Ich gehorche nicht und werde nicht gehorchen!". Hermann Hesse, Die Briefe Bd. 1, 1881–1904, Suhrkamp, Frankfurt a.M. 2012.

Palmer, Sarah: Hermann Hesse. Der Weg zu sich selbst. SWR 2012.

Schmidt, Andreas Christoph: Der Weg nach innen. ARTE 2012.

Zeller, Bernhard: Hermann Hesse. Rowohlt, Reinbek und Berlin 2005.

Anmerkungen

1 Hesse, Hermann: Knulp. Drei Geschichten aus dem Leben Knulps. Suhrkamp, Frankfurt a.M. 1988, S. 92

2 Lahann, Birgit: Hermann Hesse. Dichter für die Jugend der Welt. Ein Lebensbild. Suhrkamp, Frankfurt a.M. 2002, S. 8

3 Michels, Volker: „Ich gehorche nicht und werde nicht gehorchen!". Hermann Hesse, Die Briefe Bd. 1, 1881–1904, (Das Zitat ist der Titel des Buches)

4 Lahann, Birgit: Hermann Hesse. Dichter für die Jugend der Welt. Ein Lebensbild, S.9

5 Ebd. S. 11

6 Zeller, Bernhard: Hermann Hesse. Rowohlt, Reinbek und Berlin 2005, S. 20

7 Palmer, Sarah: Hermann Hesse. Der Weg zu sich selbst. SWR 2012

8 Lahann, Birgit: Hermann Hesse. Dichter für die Jugend der Welt. Ein Lebensbild, S.19

9 Ebd. S. 59

10 Zeller, Bernhard: Hermann Hesse, S. 60

11 Schmidt, Andreas Christoph: Der Weg nach innen. ARTE 2012

12 Ebd.

THEODOR HEUSS
(*1884, Brackenheim; †1963, Stuttgart)

Verwendete Literatur

Becker, Ernst Wolfgang: Theodor Heuss. Bürger im Zeitalter der Extreme. W. Kohlhammer, Stuttgart 2011.

Freudenberg, Sabine: Politik durch Kultur. Theodor Heuss und sein Bild von der Demokratie. SWR 2 Wissen 2013.

Jacobi, Uwe: Ein deutscher Patriot. Heilbronner Stimme, 31.01.2004.

Anmerkungen

1 Becker, Ernst Wolfgang: Theodor Heuss. Bürger im Zeitalter der Extreme. W. Kohlhammer, Stuttgart 2011, S. 98
2 Nivea Radiospot 1935; http://www.spiegel.de/einestages/werbung-a-948721.html#featuredEntry
3 Ebd.
4 Ebd.
5 Becker, Ernst Wolfgang: Theodor Heuss. Bürger im Zeitalter der Extreme, S. 64
6 Freudenberg, Sabine: Politik durch Kultur. Theodor Heuss und sein Bild von der Demokratie. SWR 2 Wissen 2013
7 Becker, Ernst Wolfgang: Theodor Heuss. Bürger im Zeitalter der Extreme, S. 19
8 Ebd. S. 94
9 Jacobi, Uwe: Ein deutscher Patriot. Heilbronner Stimme, 31.01.2004

OSKAR SCHLEMMER
(*1888, Stuttgart; †1943, Baden-Baden)

Verwendete Literatur

Beilfuß, Elke (Hrsg.): Oskar Schlemmer. Briefe-Texte-Schriften aus der Zeit am Bauhaus. Weimarer Verlagsgesellschaft 2014.

Carl, Klaus: Oskar Schlemmer, Parkstone International, New York, 2015.

Scheper, Dirk: Oskar Schlemmer. Das Triadische Ballett und die Bauhausbühne. Akademie der Künste 1988.

Schlemmer, Tut (Hrsg.): Oskar Schlemmer. Briefe und Tagebücher. Langen Müller, München 1958.

Anmerkungen

1 Beilfuß, Elke (Hrsg.): Oskar Schlemmer. Briefe-Texte-Schriften aus der Zeit am Bauhaus. Weimarer Verlagsgesellschaft 2014, S. 12
2 Ebd. S. 12
3 Ebd. S. 18

4 Brief an Tut, Stuttgart, 12. November 1919. In: Schlemmer, Tut (Hrsg.): Oskar Schlemmer. Briefe und Tagebücher. Langen Müller, München 1958, S. 82
5 Ebd. S. 82
6 Tagebuch 5. Juli 1926. In: Schlemmer, Tut (Hrsg.): Oskar Schlemmer. Briefe und Tagebücher. Langen Müller, München 1958, S. 202
7 http://bauhaus-online.de/atlas/personen/oskar-schlemmer
8 Scheper, Dirk: Oskar Schlemmer. Das Triadische Ballett und die Bauhausbühne. Akademie der Künste 1988, S. 55
9 Carl, Klaus: Oskar Schlemmer, Parkstone International, New York, 2015, S. 154
10 Ebd. S. 154
11 Ebd. S. 154
12 Beilfuß, Elke (Hrsg.): Oskar Schlemmer. Briefe-Texte-Schriften aus der Zeit am Bauhaus, S. 122
13 Schlemmer, Tut (Hrsg.): Oskar Schlemmer. Briefe und Tagebücher, S. 138
14 Beilfuß, Elke (Hrsg.): Oskar Schlemmer. Briefe-Texte-Schriften aus der Zeit am Bauhaus, S. 122
15 Schlemmer, Tut (Hrsg.): Oskar Schlemmer. Briefe und Tagebücher, S. 137f.

OTTO DIX

(*1891, Gera; †1969, Singen am Hohentwiel)

Verwendete Literatur

DIE ZEIT Nr. 18, 24.04.2003 (http://www.zeit.de/2003/18/Schaust_9fck_Dix)

Dix, Otto: Selbstzeugnisse. Schriften. Briefe. Gespräche. Erinnerungen. In: Schmidt, Dieter: Otto Dix im Selbstbildnis. Henschel Verlag, Berlin 1981.

Kunstmuseum Stuttgart (Hrsg): Das Auge der Welt. Otto Dix und die neue Sachlichkeit, Hatje Cantz, Ostfildern 2012.

Peters, Olaf: Otto Dix. Philipp Reclam, Stuttgart 2013.

Anmerkungen

1 Kunstmuseum Stuttgart (Hrsg): Das Auge der Welt. Otto Dix und die neue Sachlichkeit, Hatje Cantz, Ostfildern 2012, S. 190
2 DIE ZEIT Nr. 18, 24.04.2003 (http://www.zeit.de/2003/18/Schaust_9fck_Dix)
3 Dix, Otto: Selbstzeugnisse. Schriften. Briefe. Gespräche. Erinnerungen. In: Schmidt, Dieter: Otto Dix im Selbstbildnis. Henschel Verlag, Berlin 1981, S. 207
4 Ebd. S. 199
5 Ebd. S. 276
6 Peters, Olaf: Otto Dix. Philipp Reclam, Stuttgart 2013, S. 71
7 Dix, Otto: Selbstzeugnisse. Schriften. Briefe. Gespräche. Erinnerungen, S. 257

JOHN CRANKO
(*1927, Rustenburg/Südafrika; †1973, Dublin/Irland)

Verwendete Literatur

Haydée, Marcia, Wooliams, Anne, Doll, Hans-Peter (Hrsg): John Cranko. Belser, Stuttgart 1973.

Kachelrieß, Andrea: John Cranko. Ein Youngster, von dem man spricht. Stuttgarter Nachrichten, 16.01.2011.

Percival, John: John Cranko. Biographie. Belser, Stuttgart und Zürich 1985.

Anmerkungen

1 Haydée, Marcia, Wooliams, Anne, Doll, Hans-Peter (Hrsg): John Cranko. Belser, Stuttgart 1973, S. 118
2 Ebd. S. 118
3 Ebd. S. 120
4 Percival, John: John Cranko. Biographie. Belser, Stuttgart und Zürich 1985, S. 32
5 Ebd. S. 48
6 Kachelrieß, Andrea: John Cranko. Ein Youngster, von dem man spricht. Stuttgarter Nachrichten, 16.01.2011
7 www.deutschlandundeuropa.de/43_44_02/ballett2.htm
8 Percival, John: John Cranko. Biographie, S. 162
9 Ebd. S. 162
10 www.stuttgarter-ballett.de/compagnie/geschichte/die-aera-cranko/
11 Haydée, Marcia, Wooliams, Anne, Doll, Hans-Peter (Hrsg): John Cranko, S. 18

BILDNACHWEIS

S. 9/11, Johannes Kepler: AKG1067522, © IAM/akg-images
S. 18, Peter Thumb: Inv.-Nr. 2003/15, © Rosgartenmuseum Konstanz
S. 25, Johann Rudolf Zumsteeg: AKG100943, © akg-images
S. 33/155, Umschlag, Johann Friedrich Cotta: AKG165168, © akg-images
S. 40, Johann Gottfried Tulla: AKG278360, © akg-images
S. 47, Albrecht Ludwig Berblinger: AKG156019, © akg-images
S. 9/54, Umschlag, Karl Drais: AKG399925, © akg-images
S. 61, Friedrich Hecker: AKG222282, © akg-images
S. 68/155, Gottlieb Daimler: AKG899353, © akg-images
S. 75, Ferdinand Graf von Zeppelin: AKG388665, © akg-images
S. 82/155, Carl Benz: AKG360993, © akg-images
S. 9/89, Umschlag, Robert Bosch: AKG899352, © akg images
S. 96, Umschlag, Georg Kropp: Ölgemälde von Carl Obenland, © Wüstenrot Bausparkasse AG
S. 103, Umschlag, Carl Laemmle: AKG2612060, © akg-images/Glasshouse Images
S. 110, Karl Ludwig Nessler: © KulturHaus Todtnau e.V.
S. 118, Hermann Hesse: AKG2569507, © akg-images/Imagno
S. 125, Theodor Heuss: AKG153012, © akg-images
S. 132, Oskar Schlemmer: AKG1108960, © akg-images
S. 140, Otto Dix: AKG2070, © akg-images/Fritz Eschen
S. 147, Umschlag, John Cranko: AKG2653007, © akg-images/picture-alliance/dpa

Bibliografische Information der Deutschen Bibliothek
Die Deutsche Bibliothek verzeichnet diese Publikation in der Deutschen Nationalbibliografie; detaillierte bibliografische Daten sind im Internet über http://dnb.ddb.de abrufbar.

ISBN 978-3-87800-034-1

Einband, Layout, Satz und Seitengestaltung: Silke Nalbach, Mannheim
Umschlagabbildungen (siehe genauer Bildnachweis im Anhang):
© akg-images (Carl Laemmle, John Cranko, Robert Bosch, Karl Drais, Johann Friedrich Cotta); © Wüstenrot Bausparkasse AG (Georg Kropp)
Druck und Bindung: CPI – Ebner & Spiegel, Ulm

Südverlag GmbH
Schützenstr. 24, 78462 Konstanz
Tel. 07531-9053-0, Fax: 07531-9053-98
www.suedverlag.de

VON FASZINIERENDEN FRAUEN

12,0 X 19,0 CM, 160 SEITEN,
CA. 20 FARBIGE ABBILDUNGEN,
HARDCOVER
978-3-87800-035-8, € 18,-

Sie durften nicht – und taten es doch. Es war unschicklich, aber sie scherten sich nicht darum. Selbst wenn anderes für sie vorgesehen war, gab es zu allen Zeiten Frauen, die stur, clever oder leidenschaftlich genug waren, auszuscheren und Außergewöhnliches zu leisten. Auch im Süden Deutschlands, zwischen Mannheim und Konstanz, Karlsruhe und Ulm lebten in den vergangenen Jahrhunderten Frauen, die Geschichte schrieben.
Die Stuttgarter Kulturjournalistin und Autorin Adrienne Braun lässt in kurzweiligen wie authentischen Porträts zwanzig dieser besonderen Frauen wieder lebendig werden. Frauen, die malten, schrieben, sangen oder sportliche Höchstleistung vollbrachten, die gute Geschäfte machten oder Leben retteten – und die noch heute faszinieren.

Südverlag